父の航海

癌を闘い抜いた父との
最後の3年間

座間耀永
ZAMA Akino

文芸社

プロローグ

父を殺したのは、癌《がん》か医療か。二〇二三年夏。私、十六歳。父が、永遠の航海に出航するのを見届けた。

二年前の二〇二一年、調子が悪いと検査を始めた父。最初の医者には見落とされ、半年かけてわかったときには癌は咽喉の奥でゴルフボール大になっていた。根治を目指しましょう、と大手術ののち、次々転移。医者を信じて治療と手術を繰り返したあと、あっさりと「もう打つ手はありません」と見捨てられた。舌の大半を切除し、最後はしゃべることも食べることもできずにチューブだらけになった。だが、冷たい病院での緩和ケアを振り切って、最期は自宅で過ごしたいと医師に懇願。家族にとっては壮絶な自宅介護だった。父の尊厳のため、命を削る思いで踏ん張った母。

癌は、父の身体を殺した。だが、医療は父の心と尊厳を殺していった。元気だった頃の父は居合道を究めた侍《さむらい》だった。一方で、若者にヨットを教えることに尽力をしていたセーラーでもあった。父は意識が無くなるまで、武士の魂で、取り乱すことなく命の整理をしていった。薬で意識が遠のくたびに、葛藤していた。そして、元気だった頃に約束をしていた、ヨット家族旅行にずっと後ろ髪のセール（帆）を張っていたのだろう。父の枕元には最後まで海図があり、意識がなくなってからも私たちは位置を変えることができなかった。

二〇二三年秋。父のいない父の誕生日がやってくる。六十五歳になるはずだった。還暦は、大勢の方に囲まれてにぎやかにお祝いをした。翌年はサプライズに大成功。六十二歳の年はコロナの一年。春に私が背中の大手術をした年でもあった。外食ができない状況で、自宅でお祝いした。そして、六十三歳。癌の根治を目指して十二時間にも及ぶ壮絶な手術後、コロナ禍で面会も叶わず個室で孤独な誕生日。しゃべる機能を失っており、ＬＩＮＥでメッセージを送ったが、「おめでとう」という言葉がかえって苦痛そうだった。六十四歳。再再発と転移性胃癌による出血での緊急手術。体中に管がついたまま病室で横たわる父。最後の誕生日になるかもしれないのに一緒に過ごせないのは酷だと、母が交渉に交渉を重ねた。特別にと一時間だけ、父の病室に入れてもらえた母と私。母は大勢の仲間から集めたサプライズビデオを用意していた。一人一人が「良くなってください」「待っています」と前向きなメッセージの数々。だが、もうきっと来年の誕生日は無い、と誰もがわかっていた。そして、間もなく迎える六十五歳の誕生日。父はいない。

父がいない食卓。父のいないクリスマス。父のいないお正月。家族行事、季節行事を大切にしていた我が家に一番大切な人がもういない。

友達や親戚や先生やヨットコーチ。たくさんの人が今、私を支えてくれている。だが、「父がいない」という心の穴。「ぽっかり」という言葉がつらく刺さる。本当に「ぽっかり」と身体に大きな穴が開いてしまった気持ち。これはきっと何にも埋められない。

父の生きざまは壮絶だった。死にざまもまた、見事であった。私は父の娘であることを生涯誇りに思う。

これは、二〇二〇年から二〇二三年まで、私の手術を支え、自身の癌を闘い抜いた父の最後の記録。そして、父へ送る、私からのエールである。

二〇二〇年　私の手術、父の夢

父はリタイアしたら、カナダに本拠地のあるセーリング団体、ＩＳＰＡで、若者たちにヨットを普及したいという夢を持っていた。四方を海で囲まれた海洋国でありながら、日本の人々がヨットに親しみが無いことを憂えていた。風と波と潮という地球の自然と対峙《たいじ》して、風の力だけで進んでいくヨット。究極のＳＤＧｓの乗り物である。海外では小さい子でも身近に楽しむ。日本はなぜかヨットに対し、贅沢《ぜいたく》なイメージがあるが、実際は誰でも乗れる。私は、父について小三からヨットを始めた。エンジンのあるボートと違い、雨でも風でもヨットは乗れる。船体のバランスを取るキールがあるお陰で、ヨットはひっくりかえってもまた戻る設計がされている。一度、海へ出航すると水も電気も食料も船内にあるだけ。横になるスペースも共有となり、その制限された狭い空間で限られた資源を有効に使いながら船の中で生活する。まさに、海の上のキャンプと言ってもいい。正直、長い航海になるとシャワーも毎日浴びられない中で潮だらけになるので、私は苦手だ。だが、究極のＳＤＧｓの乗り物という点では私は気に入っている。東京パラリンピックで、サポート体制が整わないという理由で、競技からはずされたときは、海洋国でありながら他国に後れを取っていると父と一緒に嘆いたものだ。

二〇二〇年は激動の年だった。東京オリンピックが開催されるはずだったが新型コロナ感染症の流行で翌年に延期。この年、十四歳だった私は背中を上から下まで大きく切り、大きな金属インプラントを埋め込む大手術をした。コロナの危機が迫り、入院があと一週間ずれたら手術は延期になるほど、大学病院が院内感染で揺れた。長期に亘る入院中、仕事が遅くなり来られない日もある母に替わり、毎日お見舞いに来て心を支えてくれたのは父だった。

私の発病は四年前に遡《さかのぼ》る。二〇一六年、夏。学校の健診で〝特発性側弯症〟が見つかった。思春期の女子に多い病気。特発性とは原因不明という意味で、本来まっすぐの背骨が、S字状に捻じれを伴って横に曲がっていく。成長に伴い、悪化すると胸郭が変形し肺を圧迫、肺活量が減少していき、生命に関わってくる。すぐに、生まれた病院に行った。主治医は正直、心が無かった。

「よくある病気ですね。ギプスを作っておきましょう。それでも進行したら手術ですね」

いとも簡単に物理的に話す医者。祖母が、

「立派な大学を出ているお医者様だから安心よ」

と言う。心が無い医者に卒業大学なんて関係ない。祖母にも憤った。体中に生ぬるいべちょべちょした石膏を塗りたくってギプスの型取りをした。いざ出来上がった実物を見てぞっとした。首から腰までがっちり、いかついロボットにでもなるのかというギプスだった。当然、学校にしていく勇気は出ない。一番成長する時期と言われ、睡眠時間の装着が必須だった。だが、金属棒の上に首を吊《つ》って寝るような状況。寝返りも打てない。身体も心も苦しく夜中に泣いた。平均二十三時間、入浴以外のすべての時間の着用が求められた。苦しくて重くて到底無理だった。ノートを書くために下を向くだけで首が締めつけられるのだ。体が曲げられず、落とした消しゴムも拾えなかった。その夏には合宿があった。長崎の海を最大2キロメートルも泳ぐ遠泳合宿。数本のベルトを複雑に締めるギプスは、介助者がいないと装着ができない。先生に頼むのも難しく、一週間だからとギプス未着用のまま行った。帰宅後の検診でさらに悪化したことが言い渡された。最初の検診からたった一か月の間に、28度だった弯曲が何と40度にも進行していたのだ。

「進行性だね。手術しよう」

X線撮影の結果を見ながら人の目も見ず、さらりと言う医師。ショックで泣いていると、

「なんで泣くの？」

と笑う。

——この人に切られるのだけは嫌だ。

心が悲鳴をあげた。父の知り合いから紹介状を頂き、症例数が多い大学病院に転院をした。新しい医師も感じが良いとは言いにくかった。

「先生も子供がいるからわかるよ」

と言いながら、機械的に仕事をしている印象は否めない。ギプスは装着しないと意味が無いと、新しいギプスを作ることになった。胸から腰までのギプスで、以前のタイプより目立たなかった。制服のサイズを2サイズアップすれば学校にも装着したまま登校できそうだった。それでも、重く苦しく、装着して登校する勇気が出なかった。学校の友達がどう思うだろう。何か言われたり、もしも触られたら、不快な思いにしかならない。しかし、そのときには60度まで進行。手術に待ったなしがかかっていた。手術をする決意ができず悩んだ。

「前のギプスよりはマシ」そう自分に言い聞かせ、意を決して学校に装着していく覚悟をした。鉄製からプラスチック製になり少し軽くなったとはいえ、苦しく、重い。夏はギプス内がムレて蒸す。前傾姿勢になるとギプスが反って目立つ。気付いていても触れられなかったのか、気付かれなかったのか、誰にも言われることはなかった。毎日、びくびくしては、「今日も誰にも言われずに終わった」とほっとする空しい毎日を繰り返した。友達との会話が自然に減った。

中一になった。ギプスのために制服は大きめに作った。不格好だった。新しい友達に何か聞かれたらどうしよう、と不安なままの入学式。春の合宿。皆、お洒落《しゃれ》なジーンズを穿《は》いてきた。私は、ギプスのせいでぶかぶかの服しか選べなかった。同部屋の友達に知られたくなくて、保健室の先生の部屋でギプスの装着をした。皆は気が付いていたのかもしれないが、何も言わなかった。定期検診は続き、角度の進行により手術を避けられない状況に追い込まれた。しかし、患者を物のように扱う態度に、どうしてもこの先生に切って欲しくない、という思いが否めなかった。おおまかな手術日目標を決めたが、

「信頼関係が無いと、執刀は難しいと思います」

と突き放された。もともと紹介状の絡みもあり、大学病院の政治的な動きの中で、担当医を変えるのは困難である。家族で悩み、手術を一度延期することになった。

しかし、角度が進行し肺の機能は衰えていく。これは寿命にも関わる。母は、私を納得させようと奔走。偶然、母の知り合いのお嬢さんに二人も手術をした人がいることがわか

り、会ってみることになった。二人共、手術は十二時間程かかっていた。術後の痛みは壮絶だった話や、麻酔が合わず大変だった話が恐怖を煽《あお》った。でも、今は元気だから、

「早く手術をしたほうがいいよ」

「手術して良かった」

と前向きになるよう応援をしてくれた。一人は先天性の骨の病気があり、三回も手術をしていた。それでも今はスキーも楽しんでいる。

ただ二人とも首から腰にかけての傷痕が生々しく、痛々しくもあった。丁度、同じ手術をしたイギリスのユージェニー王女の挙式が話題になった。

「世界中の側弯症の患者に勇気を届けたい。自分を助けてくれた医師に感謝を伝えたい」

と、手術痕をわざと露出する背中が広く開いたドレスを着ていた。王女の勇気に私は震えた。同様に私が好きなモデルのマーサ・ハントも背中の傷を露出した写真をインスタグラムにアップしていた。ネットで調べると生々しい闘病記も読むことができた。二人とも私より軽症だったが、彼らのメッセージから「いつか傷は個性になる」と少しだけ前向きな気持ちが芽生えた。

手術に向けて、決心を固めるしかない。気持ちを切り替えつつあったとき、奇跡が起き

た。担当医が転勤になったのだ。引き継ぎの医師を選べると聞き、迷わず友達のお姉さんの担当医を指名した。優しいと聞いていたからだ。新しい担当医は全然違った。今までやったことのないＭＲＩ検査や肺活量の測定など細かく検査をしてくださった。同じ病院でなぜこんなに違うのか。先生は、私の右肺の機能が通常の半分以下に落ちていること、このままいくと成人まで生きられないこと、生きていても酸素ボンベを持ち歩く生活になること、を優しい口調でわかりやすく説明してくれた。私は今度こそ手術を受け入れる覚悟をして、大泣きした。先生は私の肩にそっと手を置いて、

「大丈夫だよ」

とだけ仰った。優しい温かい手。その手には、「信頼」が宿っていた。どうしてこの先生に早く会えなかったんだろう。今までの二人は何だったのだろう。初めて、「この先生ならお願いできる」という先生に会えた安心感でまた泣いた。

しかし、そこからも新しい地獄が待っていた。生まれて初めての採血。針が刺さり、急に目の前の景色が歪《ゆが》み始めた。意識がどんどん薄れていく。

「聞こえますか？」

看護師さんの声が聞こえた。だが、気付くと担架の上に横たわっていた。血圧が急激に

下がっていたらしい。何が起こったかわからず、ただただ不安だけが残った。

検査は続いた。ＣＴやＭＲＩ。レントゲンが繰り返された。骨は立体的に弯曲しているため、ありとあらゆる角度から、骨を分析する必要があると説明された。

そして、「貯血」。手術に大量出血が予想され、他人からの輸血よりリスクが少ないと、自己輸血の準備をする。８００㎖が必要と、２００㎖を四週、四回に分けて採血することとなった。迎えた一回目。前回、採血で失神したことが引き継がれていたためベッドに横たわった。説明に吐き気を催した。十分採血をし、十分針を入れたまま意識を戻すために生理食塩水を入れ、十分止血という三十分メニュー。母に手を握ってもらった。看護師さんにも見守ってもらったがすぐに意識が遠のいた。やはり血圧が下が30、上が70という命の危険領域まで下がったらしい。通常であれば、そのあとはすぐ動けるらしいのだが、私はさらに三十分休まないと立ち上がれなかった。一週間後の二回目も、同じように血圧が下がった。もうこれ以上できない。もうこんなつらい思いはできない。しかし、一般の輸血が合わない人もいるらしい。事実、母の親友が脳腫瘍の手術をこの大学病院でした際に輸血が合わず、術中に痙攣《けいれん》を起こしたことがあるそうだ。恐怖で泣き叫ぶ。

「こんなこと繰り返していたら手術前に死んじゃう！」

毎日、気持ちが張り裂けそうだった。翌週、三回目。手術日まで二週間を切っていた。急いで貯血を終わらせないといけなかった。しかし、生理が始まってしまった。体中の血が無くなりそうな恐怖で震えた。震えている様子を心配した採血の先生と話をした。ここで体調を壊して手術を受けられないのが一番リスクであること、最近の血液製剤は安心であると説明され、私の貯血は予定の半分、４００㎖で終わることとなった。ほっとした半面、

「もし手術中に大量出血して血が足りなくなったら？　他人の血は本当に安全なの？」

貯血ができてもできなくても不安がいっぱいだった。どこにも逃げ場が無い気持ちだった。

手術日が三月二十六日に決まった。大掛かりな手術のため、先生がチームを組んでくださった。これにより通常十時間以上かかる手術時間を大幅に軽減できると言う。手術時間が短いということは身体の負担が少ない。長時間の手術中に褥瘡《じょくそう》（床ずれ）ができる可能性もあると言う。床ずれはできると治りにくく感染症のリスクもある。その他、手術のリスク、術後のリスクなど細かく説明を受け、何枚もの書類に母がサインをしていった。入院日は後日電話が入ると言われたが、手術日の二日前が目途と言われた。手術日が決まっ

てから、本格的に入院の準備が始まった。少しでも気持ちが前向きになるように肌触りの良いパジャマを買いにいった。手術を知った友達が応援ビデオをＬＩＮＥに送ってきてくれた。歌を歌ってくれているビデオやひたすら応援してくれるビデオ。つらいイベントを少しでも盛り上げようとしてくれる友達に感謝でいっぱいだった。一方で世の中には新型コロナ感染症の恐怖がじわじわと広がり始めていた。三月三日から予定されていた学年末試験を前に学校が休校になった。病院から、入院前に不必要な外出を避けること、衛生面に気を付けて欲しいと連絡が来た。

入院日は三月二十四日。弯曲した背骨をできる限り矯正し胸骨の位置を確保。肺の形を優先する。一方で歪んだ骨盤も位置も矯正しなければならない。何カ所かに亘って、背骨の両側に梯子《はしご》のように金属の支柱を埋め込み、ロッドを埋め込んでいく。ロッドの数は三十を超えると言われた。背中の筋肉を一度剝がし、金属を埋め込み、また筋肉を戻していく。私の半分の角度しか弯曲していなかった友達が十二時間の手術なら私は一体何時間かかるのだろう。手術後は、飛行機に乗るセキュリティゾーンに引っかかるため、一生、医療証明書が必要になる。怪我をしても体内に金属があるからＭＲＩも受けられなくなる。あとで聞いた話だが、お洒落をしたくてもエステの機械も使えなくなる。落ち込んでいる私を見て、父は、Wi-Fiを借りてきてくれた。病棟にWi-Fiが通ってないことを知り、ネット三昧していいよ、と私が一番喜ぶことを考えてくれる父。いつも母より父のほうが私のことをわかってくれると思う瞬間だった。

前日から集中治療室に移動した。手術後、真っ白な治療室で目が覚めると患者はパニックになるらしく、早めに環境に適応させるためだと説明された。冷たい白い壁に囲まれて私の緊張感は高まるばかりだった。

迎えた当日。てっきり、ドラマでよく観るように、ベッドで寝たままの状態で運ばれていくのだろうなと予想していた私に看護師は言った。

「車椅子でいきますか？　それとも歩かれますか？」

——え、歩く？　そんなのもってのほかだ。こんなに震えて緊張している中で手術室まで歩けというのか。

「車椅子でお願いします！」

あまりの驚きで強く車椅子を主張した。エレベーターで降りて手術室の中に入っていく。コストコの冷凍庫にいるような感覚。少し肌寒かった。自分の手術室に着いたときに、目の前にはたくさんの手術服を着た医師たち。ああ私は本当に手術をするんだ。いよいよ現

実を見た感じになった。ひるんで立ち止まると、麻酔科の先生が、

「泣いたってどうするの。やるのやらないの？」

――なんという言い方だ。今ぐらい被害者面させてくれよ。

そんな思いでいっぱいだった。あまりの驚きやショックに言葉が出てこず、私は三歳児のように泣き出してしまった。泣き叫びながら、手術台に行き、点滴の針を刺された。次に吸引。いつの間にか寝ていた。気付くとベッドの上だった。いつの間に、手術で下向きになっていたのだろう。そしていつの間に、今ここで上向きになっているのだろう。タイムスリップをした気分だった。目の前に家族が見えた。

――手術成功したんだ。だから今ここにいるんだよね。

そう思った。ただ、周りには管しかないというくらいに全身が、管に繋《つな》がれていた。次の試練がやってきた。とにかく痛みだ。背中が痛い。横を向けない。

――だれか助けてくれ。

藁《わら》にもすがる思いだった。看護師さんたちが付きっ切りでサポートしてくださる。お声がけも優しい。何度も「痛いよね」「大丈夫」と言ってくださった。しかし、痛みに耐え兼ね、

「看護師さんは、同情はできるけど共感はできないじゃないですか」

せっかく看護をしてくださっている人に対してひどい言葉をむけてしまった。もう自分のことで頭がいっぱいになってしまっていた。そのあとも動脈に刺さっていた点滴を抜き、痛いときは「ショット」というボタンで薬を入れ、何日かあとにはカテーテルを抜くという作業が続いた。動脈の点滴を抜いた数日後には気味の悪い青色のあざができた。しばらく長い距離を歩けないため、エコノミー症候群にならないよう、足にポンプがついていた。

シューッ、ポンッ。

マッサージの音が繰り返し、心にむなしく響く。

夜間に看護師を呼び出すボタンを右手側に置いてあったはずが、管同士がからまって見つからなかったときは、きつかった。暗いところでどこにあるかわからないボタンを探す。背中が動かないので必死に手を伸ばす。だが、手に触れるのはシーツだけ。

——なんで見つからないの。

泣きそうになったり、独り言を言った。手探りでやっと見つかる。痛くて痛くてボタンを押す。

「早く来てください」

懇願する。しかし、枕の位置を変えたり氷で冷やすだけで痛みはおさまらない。喉もからからだ。だが、水を飲むのに起き上がることさえ苦痛だった。白い天井を見ながら、涙だけがぽろぽろ落ちた。

リハビリはなかなかできず、予定より数日遅れて開始。階段を上り下りするだけでも痛みと闘う。からだが動かない。トイレに行くだけでも、歩行器の使用。立っているのも座っているのもつらく結局ずっとずっと寝たきりの状態。筋力は落ちる一方だった。ご飯も食べる気がおきなかった。何より病院食が冷えていてまずい。週替わりのメニューを見ても、楽しくなかった。普段なら喜んで食べるハンバーグも、ただの塊にしか見えなかった。

この頃、病院ではコロナの院内感染が始まり、院内は戦々恐々としていた。研修医が集団感染をしたとニュースで騒がれた。どこの病室も面会禁止となった。小児科だけが、唯一、二十一時まで家族のみ面会が許可されていた。父は毎日長い時間一緒にいてくれた。母は仕事で来られない日もあったが、父が来ない日はなかった。差し入れも父が持ってきてくれた。食欲が無く、ヨーグルトを食べるくらいしかできなかった。水もずっとストローで飲んでいた。なにもやる気がわかない。それでも少しでも何か食べられるものを、と工夫してくれる父。大好物の餃子《ぎょうざ》を焼いてきてくれたとき、

「面会室の電子レンジを使ったらニンニクの臭いが充満してしまい慌ててしまった」

と笑いながら持ってきたときは、本当に嬉しかった。だが、一つ食べるのがやっとだった。食べる、ということに体力がどれだけいるのか、を身に染みて感じていた。

さらに、ショックな説明を受けた。やっとギプスが外れたはずが、術後の背中を固定するためにまた半年、新しいギプスを装着すると言われたのだ。ハンマーで殴られた思いだった。手術前のギプスを作ってくれた部屋に車椅子で連れていかれた。すると、技術者の方々が、私を覚えていてくれて、

「X線撮影の画像を見たよ。手術成功して良かったね」

と次々と声をかけてくれる。多くの患者さんがいるだろうに、一人の患者のことをこんなにも応援してくれるなんて、なんだか痛みを忘れ嬉しくて泣いてしまった。がんばろう、という気持ちになった。

体はどんどん回復していった。当初、仰向けで寝ることが難しく、寝がえりも打てなかったが、自分で上にずり上がることができるようになってきた。看護師の方に、

「その姿勢で自分で上がれるの、すごい回復力だね」

と言われたときは嬉しくて仕方がなかった。ずっとつらかった思い出に、もうすぐ終止

符が打てる。そんな気がしただけで笑顔になれた。院内感染で新規入院者がいなくなり、最初は四人だった部屋が二人になり、とうとう一人部屋になった。四人部屋に一人はさみしかったが、テレビを大音声で見られる良さもあった。

病棟には小児癌の子や足が無い子、いきなり泣き出す子、など様々な子供たちがいた。話す機会がなかったが、つらいのは自分だけじゃない、という気持ちになった。

院内感染発覚から外来が止まっていた病院は、ゴーストタウンのように静まりかえっていた。リハビリに向かう廊下が不気味に静か。病棟に長くいると新型コロナ感染症のリスクがあるとして、できるだけ早い退院を促された。

父が動ける日に合わせて、当初の予定より一週間近く退院を早めた。長い合宿から帰る気分だった。ところが、背中の金属とギプスのせいで車の座席を倒さないと、苦しくて座れない。シートベルトをすると首が締まる。不安になった。

家の玄関に着いたときは、安心感がすごかった。私の闘いもようやく終わったぞ！　とにかくほっとした。二階のリビングに上がってソファに座った。体の異変を感じた。やはり椅子に座ると首が締まる。「座り続けている」姿勢が厳しいのだ。「首から腰まで異物が入っていること」で命は助かったが、この新しい身体に慣れるには半年必要なギプスと共に新たな試練であることは間違いなかった。一か月入浴が禁止であることも厳しかった。首を曲げると特に強烈な痛みが走る。

しかし、異物が残っても人間の回復力はすごい。私は退院するとき、感染予防や痛み止めとして、スーパーの袋がいっぱいになるくらいの薬を渡された。しかし、一粒も飲まないままどんどん元気になっていった。新学期に回復までしばらく休む予定だったが、学校はコロナで休校だった。おかげで私は授業に遅れることがなかった。オンライン授業で、友達と画面ごしに会えることがとても嬉しかった。

家にずっといると気持ちがふさぐだろうと、私や父のヨット仲間が、桟橋で「快気祝い」をしようと声をかけてくれた。世の中の飲食店は閉まっているし、海の上なら外気で感染もしにくいだろうと、私を元気づける企画に私は感謝した。

父は、私の日常生活が軌道にのったところで、兼ねてからの夢を叶えるため、カナダへ飛び、創始者の指導の下、世界に通用するインストラクター資格の取得に励んだ。特に父は、次世代である私たち世代を育成したいと、夢を語った。

夏には、台風十号が猛威を振るい、東京の私の家もシャッターが曲がり、ベランダのタイルがめくれて大きな被害が出た。風がばんばんとあたり、家が揺れに揺れた。正直、母と私は震えるほど怖かった。そのとき、父はヨットトレーニングで尾道にいた。尾道は晴れており、楽しそうなSNSをアップした父に怒りを覚え、電話をした。電話の向こうで、父は、

「そんなこと言ったって帰れないでしょ。パパは今、訓練中だから」

と呑気《のんき》に言われ、父の奔放な態度が許せないと思ったほど、父はヨットトレーニングに心血を注いでいた。続いて、カナダに飛び、資格取得に励んだ。正直、家におらずヨットばかり行っている父に、

「家庭をないがしろにしている」

と憤慨もしたほどだ。しかし、十月にサティフィケイト（免許状）が来たときの父の嬉しそうな顔を見ると、それは言えなくなった。

「これからは若者を中心にヨット文化を広めていく」

と意気揚々な父。しかし、時はコロナ真っ只中。なかなか思うような活動ができない時期だった。生徒を集めることもできず、私もまだ体が動かず父にヨットを教わる気持ちにはなれなかった。

年末年始。来年はいい年にしようと、船の仲間と「初日の出」を見ることになった。私

は日々回復していく自分に、来年は復活の年だ！　と誓っていた。大晦日《おおみそか》から仲間でマリーナに滞在した。まさか二〇二一年に我が家の人生を大きく左右する出来事が待っているとは誰も想像だにしていなかった。

二〇二一年　父発病

元旦。六時半頃からうっすら空がオレンジ色に変わってきた。波もなく、そよそよとした海面に薄橙《うすだいだい》の光が反射する。やがて深いオレンジ色が広がり、するすると太陽が昇ってきた。令和三年の夜明け。昨夜は、大騒ぎだった。十二時を迎えた途端、マリーナの船が一斉に、ボーッ、ボーッ、と汽笛を鳴らす。向こうのマリーナから、商船らしき大きな船からも、プーッ、プーッと音が鳴る。

「明けましておめでとう‼」

無線からも、

「A Happy New Year!」

息が白いほど冷たい空気の中、みんな興奮してマリーナの新年をお祝いした。コロナ禍でみんな旅行にも行けず、マリーナで新年をお祝いして旅行気分を楽しんだ。

遅くまで大人は騒いでいたのだろう。約束していた初日の出に現れる人は少なく、マリーナはとてもしーん、と人気《ひとけ》もほとんどない。

みるみるうちに、するする昇る初日の出。六時五十分に真っ赤に空と海を染めたかと思

うと、やがていつもの朝のように太陽はお正月を照らし始めた。眠い目をこすりながら、

「おはよう」

とシャワーを浴びにセンターハウスへ。父と桟橋を歩く。

「いつもだったらお餅つきがあるのにね」

と残念がる私に、

「来年は、マリーナのお雑煮《ぞうに》が食べたいね」

と父。毎年、元旦のつきたてのお餅の中でもきなこ餅が好きな父と私。お雑煮や、甘酒も振るまわれるのが楽しみだったが、今年はコロナのせいで、行事は中止だった。

「早く家に帰っておせち料理を食べよう」

父は、運転があるので元旦だというのにお酒が飲めない。昨日、みんなで作ったお節料理。中でもお気に入りの数の子を楽しみにしているようだった。留守番をしている祖母もいるので、私たちは急ぎ家路につき、家族四人でお正月を堪能した。

「ばあばの数の子は世界一だ。うまい！」

きんきんに冷やした日本酒を片手にぽりぽり食べる父。午後には神社へ初詣。ごくごく普通の家族の風景。今の私には無い、一番欲しくてももはや、叶えられない風景だ。

五月ゴールデンウィーク。いつものように横浜のマリーナから出航し、伊豆七島か千葉の保田港に行こうと計画が練られた。残念ながら天気図を見ると予報が厳しい。安全を取って近郊の海をセーリングすることになった。

春頃からしゃべっていると声がかれる、どうも喉が痛いことが続くと言っていた父。風邪の症状がある、と咳《せき》払いが多くなっていた。

「どうも喉に違和感がある」

と言い始めたのもこの頃。心配した母が、家族「かかりつけ医」耳鼻咽喉科の受診を勧めた。父と年齢が近く穏やかな先生で、世間話をしながら和気あいあいと診療してくれる。私は小さい頃、器具で鼻を吸われて泣きわめき、ばんばん先生の足を蹴り上げてしまっても、笑いながら診療してくれる優しい先生。私の手術が決まったときも、専門外なのにいろいろアドバイスくださり、応援してお声がけを親身にしてくださった。

先生は慎重にファイバースコープを入れて、念入りに口内と喉の奥まで検査。カメラ映像を父に見せながら詳細に説明。癌の心配は無い、どこにも腫瘍は無い、と太鼓判を押した。そして喉が少し腫れていると、風邪薬を処方。父も家族も安心した。しかし薬が効かなかった。少しでも楽になるようにと、オイルマッサージなどを試みたが、痛みは一向に治まらなかった。

しかし、

「海へ行けば調子がいい」

と父はヨットに出かけた。父はFacebookを日記代わりにアップしていた。その週末。浦賀でのアンカリング（錨《いかり》を降ろして、船を海に停泊させること）の様子、そこから出航して千葉の富浦まで出かけるとエメラルドグリーンの海になることが楽しそうにアップされている。海にいるときの父の笑顔はいつも満面だった。

七月三十日の母の誕生日には、

「みんなでクロアチアにセーリング行きたい！」

と投稿。クロアチアのヨーロッパ特有の色とりどりの中世の街並みが海沿いに立ち並んでいる風景は美しく、食事も美味しいと聞いて、コロナが明けたら友達を誘って行こう、と家族でも盛り上がった。

この月、父は、次世代の子供たちを育成するヤングマリーナというプログラムを立ち上げた。夏休みに私を含む幼馴染四人を能登半島でトレーニングする計画が進みだした。最低でも四泊五日。船上で船の仕組みからナビゲーション、緊急対応など、あらゆることを学ぶ。食べ物も水も限られた船の中で共存する究極の五日間。集中と覚悟が必要だ。ヨットはともすれば命を落とす。有名なヨットレーサーもレース中に落水し、帰らぬ人となった。仲間を信じ、自然と対峙するスポーツ。それを子供たちだけで乗り越えられるか？

通常なら部活で忙しく予定が見えない仲間も、コロナ禍で部活中止。奇跡的に予定が合った。しかし、問題は受け入れ側だった。宿やマリーナでは他県から人が来るのが憚《はばか》られる雰囲気だった。スケジュールは難航した。父をコーチとした私たちチームは奔走した。コーチである父が組んだプログラムは、コンピテントクルーとデイスキッパーというサティフィケイトが同時に取得できるものだった。コンピテントクルーとは、言わばスキッパー（いわば船長）の指示の下、クルーとして十分な役割を果たせるヨットマン資格。デイスキッパーとは、言わば船長。クルーとボートの安全に責任を持ち、良好な天候条件の下、デイセーリングができる船長資格だ。来年は全員高一。受験する仲間たちは来年から時間が取れなくなる。そうであれば、なんとか今年中に最初のコースだけでも取りたい。私たちは必死だった。

しかし、受け入れ先がなかなか決まらない。夏休みが迫っており、これ以上は待てなかった。能登は諦めざるを得ないと判断。仲間の船が停泊する浦賀に、「通い合宿」をすることになった。三浦にあるマリーナに父が泊まり、仲間の結束を図るため、四人は民宿に合宿することになった。合宿中のアシスタントとして、インストラクターのえりさんが、名古屋から合流してくださることになり準備が整った。グローブ、ウィンドブレーカーなど合宿に必要な道具を買うよう指示が出て、仲間で買い出しが和気あいあいとはじまった。幼馴染で親友の菜々子と私は、サメのぬいぐるみをお揃《そろ》いで買うなど余計な買い出しをしてコーチに呆《あき》れられた。

七月になり、父の喉の調子は一向によくなる様子がなかった。再度、かかりつけ医に行ったがやはり結果は同じ。心配した母は、人間ドックを受けている大学病院で検査を受けるべきだと紹介状の準備を始めた。そこは私が手術をした病院でもある。七月十九日に紹介状を受け取り、大学病院へ行った。二十八日。大学病院での検査が始まった。ファイバースコープで細かく検査。桁違いに細部に亘り、至るところにファイバーを入れる検査。最新鋭で精密な検査に、

「早く大学病院へ行けばよかった」

と帰宅した父は語っていた。

「それだけ検査すれば安心」

といつものように食卓を囲んだ。検査結果が出るのは八月十日となり、トレーニングは予定どおり、八月二日から五日に決まった。

それに先駆け、ISPAのチャリティイベントで帆船「みらいへ」という歴史のある帆船に全員で乗ることになった。171フィート（52・16メートル）あり、マストの高さは30メートルという大きな帆船。マストが三本立ち、マリーナに横付けしてある姿は勇壮だった。大きな帆船の帆を何人もで操作して、横浜ベイブリッジの下をくぐった。

「橋を下から見るなんて初めてだ」

みんな歓喜の声をあげた。天気がよく、青空の下、大きな帆船で横浜の海をするすると風だけで走る姿は、貴婦人や白鳥さながら。パワーボートが走る横を、気品高くすーっと走る姿は帆船ならでは、の美しさだった。父は、運営側として船の説明を熱心にしていた。ゲストが六十三人にも及び、熱弁を振るっていた。声が少しかれているのが気になった。下船して横浜中華街でみんなで食事をした。ずっと喉に何か詰まっていると咳払いをしていた。

八月二日。いよいよ私たちのトレーニングがスタートした。コーチは毎日、声がかれるまでロープワークから風の読み方、用語など丁寧に厳しく指導してくれた。各部の名称、セールのベンドオン（セッティング）、メインセールの扱い方、ポイントオブセール（風の読み方）、カミングアバウト（風上に向かって艇を回転）、ジャイビング（風下に向かって艇を回転）を繰り返し学ぶ。

「用語は絶対統一」

「何か次のアクションをするときは声をかける！」

命を守るために、また世界のどこでも乗れるようにと、ヨット用語は英語で徹底された。次のアクションを起こすときは、必ず声をかけ、必ず返事をする、も徹底。例えば、船では「左右」という言葉は禁止だ。向いている方向で人によって左右が異なる。船の右舷《うげん》側をスターボード、左舷《さげん》側をポートと呼ぶ。何かあるときは、

「スターボード側にタック（風上方向へ船の方向を変える）」

と舵《かじ》を握っている人が声をかけ、ロープ操作をするメンバーは、

「レディ！」（用意ができている）

と伝えていく。風が強いときは、ちょっとした動きでバランスを崩し落水につながりかねない。みんな緊張しながらの訓練だった。

さらに、暑くて、水分を摂っても摂っても足りない。じりじりとした炎天下で次から次

へと指示が飛び、身体がついていかなかった。風が強い日。船が桟橋に着く直前に、もやい（船を固定するロープ）を持って船から飛び降りる役目があった。船が桟橋にぶつからないように、すばやくロープをクリート（桟橋にある突起状のロープを巻く場所）に結ばないといけない。動きが遅い私はそういった俊敏に動く必要があるときに、必ずもたもたしてしまい、なかなか上手くならなかった。女子校育ちの菜々子は、人一倍しっかりしていて運動神経もいい。小さいときから、いつも私の面倒をみてくれていた。共学のバスケ部で鍛えられているタイガーとロッキーも菜々子の動きには、一目置いていた。菜々子は、私の背中の手術を気遣って、素早く動きまわり、私の荷物を持ったり、声をかけたりきびきび動いていた。コーチが、

「菜々子の動きはいいいね」

と声をかけると、テニス部で後輩がなかなか動かないから自分でやってしまうのだと、いかにも菜々子らしい答え。うらやましかった。タイガーとロッキーは、運動神経も良く力もあり、ウィンチ（船のロープをかけて、てこの原理で大きなセールを操作する場所）に素早くロープをかけて、ぐるぐる回す力とスピードがまるでアメリカズカップの選手並みだと、コーチとインストラクターが褒めた。二人の弱点は船酔いだった。動いたり、船

の中に入ると気持ち悪くなるのだ。私は船酔いこそしないが、そもそも運動音痴で、原理もよく理解できず、完全に立ち遅れていた。民宿に戻って、テキストを見ながら、みんなで復習する。しかし、へとへとすぎて頭に入ってこなかった。

コーチは声がかれるまで、私たちが理解するよう根気よく説明してくれた。

「喉の調子が悪い」

と声がかすれていたが、一生懸命しゃべり続けているからだと父も私も思っていた。

父は私が生まれる前に煙草《たばこ》を止めた。口さみしいのか、しょっちゅうミント味の清涼菓子を口に含んでいた。カシャカシャと容器から数粒の清涼菓子を流し込む。

「口内がすっきりする」

と、何種類かの味をいつも常備していた。健康にうるさい母が、

「添加物だらけだから気持ち悪い。発癌性があると聞く」

と否定したが、父は自分が勤めていた会社が広告をしていることもあって、愛用していた。しゃべりすぎて声がかれ、喉が痛いとのど飴《あめ》代わりにいつものように舐《な》めていた。ミントの刺激が口当たりよいのだろう。私も人工的な味が苦手なので、母の意見に賛成だったが、ストレスを抱えている父には言えなかった。

翌日は風が強かった。私はたいてい船酔いはしないが、縦揺れに弱い。台風9号が四日に、10号が五日に発生した時期。湾内にも、うねりが入り、風が回り、セールのトリミングも難しく、船が縦に揺れてロッキーがひどい船酔いを起こした。タイガーも気持ち悪そうに無口になった。私は怖くてデッキに立っていられなくなり泣き言を言った。菜々子だけが踏ん張って舵を握っていた。コーチが、

「どうする？　港に戻るか？」

と声をかけ、菜々子以外が戻りたい、と弱音を吐いた。ドッキングしたときも菜々子だけがすばやく桟橋に走り、船を留めた。残り三人がグロッキーだった。コーチは、

「このままだと残念だが、コンピテントクルーも渡せない。最後まで粘れ」

と活を入れた。私はもうこりごりだった。もともと運動音痴。何か一つでもできるスポーツが欲しいと父がやっているヨットを始めた。でも、やっぱり私には運動なんて無理だ。菜々子はテニス、タイガーとロッキーもバスケ部のレギュラー。私は手術もして力仕事もできない。泣きそうだった。父が、

「あきのは、やる気がない」

と母に電話をしているのが聞こえ、もう情けないやら悔しいやら辞めたいやら、今すぐ

民宿に戻って布団をかぶって泣きたかった。ロッキーも吐いて苦しそうだった。だが、タイガーとロッキーは根っからのヨットマンだった。

「ヨットっておもしれえ」

と普段から風がどこから来ているだの、右のことをスターボードと言うだの、ヨットを生活に取り入れて全身で楽しんでいた。夕飯のときも話題はヨット。将来自分のヨットを買って世界一周すると、無邪気に熱く夢を語った。そんなに夢中になれる二人がうらやましかった。

最終日。灼熱《しゃくねつ》の地獄。うだるような暑さで、至る所に蜃気楼《しんきろう》が見えるようだった。頭はふらふらするし、汗が止まらない。船の操作や、セーリングワークなど何度も練習させられた。頭がぼーっとして手順を間違えたり、足がもつれて動けなかったり。

それぞれ母親たちが迎えに来てコーチのブリーフィングが始まった。

「この暑い中でよくやりました。だが、このままでは全員サティフィケイトは渡せません」

全員首をうなだれた。私は菜々子の足を引っ張ったのでは、と情けなかった。

「近日中に一日補講をしよう。必ずコンピテントクルーを取ろう」

コーチは熱く語った。全員で、

「コロナが明けたら、みんなでＩＳＰＡの本拠地バンクーバーに行こう！」

と盛り上がった。私はヨットはもうこりごりだったが、うんざりした顔ができず、うんうんとうなずいていた。父はコーチとして真剣に子供たちを教えることに心血を注いでいるのを感じた。嫌そうな顔をしているのを悟られたのか、父は、

「娘だからと贔屓《ひいき》はできない。より厳しく指導をしないといけないのはわかるよね」

と諭してきた。頭ではわかっている、と思ったが、正直、もう私はいっぱいいっぱいだった。

そんな中の八月十日。大学病院に行った父は、もう少し検査が必要だと言われ、ＭＲＩを受けることになった。てっきり、

「心配はありません」

という結果を期待していた家族は少し心配になった。さらに、十六日に「異形細胞」検査と、十七日に「細胞診」の予約を取らされた。かかりつけ医は、腫瘍は無いと言っていたはず。どこに異形細胞があるというのか？

「喉の奥の見えないところらしい」

父は言った。不安そうだった。異形細胞があるらしい場所に外から注射をして細胞を抜いて検査をする。

じっとしていると不安だったのか、十一日、宿題で煮詰まっていると、ゴルフの打ちっぱなしに行かないか、と父に誘われた。久しぶりにゴルフクラブを握って振ると意外と当たって楽しかった。ヨットよりゴルフにしたい、と思ったくらいだ。

料理が得意な父におねだりして、大好物の酢豚をつくってもらった。その日の父のFacebookは不安を払拭したい気持ちで溢《あふ》れていた。

娘、夏休みの宿題で結構パンパンになってきたので、ドライビングレンジへ！　女子なので練習場の施設のクリーンなところも大切です。まずは美味しいランチを食べて、ほぼ五年振りにクラブ握りました。五年前に大輔先生と佳世コーチに少しだけ教えてもらったフォームをちゃんと再現しているので驚きでした。

娘とゴルフ練習のあと帰宅して、宿題頑張ってやっているので、夕飯オーダー聞いたら、酢豚とのこと。頑張って作りました。黒酢がしっかり効いていて疲れた身体に良いかも。今はまりのレモンハイでウマウマ。夏休み親子でのリラックスタイム！

父は私のことをFacebookに書くのが好きだった。顔を載せて欲しくないともめることもしばしばだった。しかし、父の不安を感じた私は顔出しを拒否できなかった。父は料理が上手だった。母より丁寧に繊細な味付けをしてくれる。母は毎日お弁当を作ってくれるが、手際重視なので、私は父の料理がいつも楽しみだった。

八月十五日は、海の仲間、二十人くらいでバーベキューとなった。前日まで猛暑だったにもかかわらず、突然の大雨となってしまい、みんなでテント下でわいわいと集まった。検査が続いていることを知っていた仲間の一人が、

「大丈夫？」

と聞いたとき、

「癌かもしれない」

とつぶやいた父。不安そうだった。みんなが、「まだわからないし、大丈夫だよ」とその場の雰囲気を盛り上げる。しかし、父の中の不安な気持ちが莫大《ばくだい》だったと想像する。三浦野菜を中心に皆が笑顔で食べる中、どことなく父の横顔に元気が無く、私は声をかけられなかった。

母は、

「もし癌だったとしても、癌は今、治るものだから心配しなくていいよ」

と私に何度も話しかけてきた。きっと自分に言い聞かせていたのだろう。

八月二十二日。じっとしていると悪いことばかり考える、と仲間とヨットに出かけた。

あたかも病気など存在しないような明るいFacebookの投稿だった。


戻り夏での快速セーリング！

12から21ノットまでの振れ幅の南よりの風のなか、三週間ぶりにセーリングを楽しんでおります。浦賀までの向かい風を折り返して、島田シェフ定番のシーザーサラダ、海鮮パエリア、アボカドサーモンサンド。ブロードリーチ、風速20ノットを超える強風の中で、クルーの技量も高いので、普通にごはん食べられること幸せです。風の振れ幅激しいので、頻繁にセール面積を減じるリーフ、そして解除を繰り返しながら風と対話して走らせるセーリング、楽しいです。


読む人が読めば、癌で喉を手術したら食事に障害が出ることを予想しているとわかるだろう。わざと明るく書いているが、心の中には不安があった。島田シェフとは、父と三十年に亘って一緒にヨットに乗っているベテランヨットマン。どんなに船が揺れていても、料理を作ってくれるので、ヨットに乗るときは島田さんの料理も醍醐味《だいごみ》のひとつである。

八月二十四日。心を落ち着かせて結果を聞きに行ったが、さらに検査が必要と言われた。明らかにこれは癌を疑っているということを感じ始めた。意を決して確認をすると、

「可能性があります。前回の検査でわからなかったのでさらに検査が必要です」

と、前回で見つけられなかった癌を見つけるためか、大きく舌の奥細胞をえぐられた。帰りの車で何度もティッシュでぬぐわないといけないほど、出血もひどかった。

「口の中が痺《しび》れている」

さすがに食欲がなかった父。早めにベッドに入ってしまった。結果は出ていないが、覚悟が必要な雰囲気になってきた。父は、私たちの補講の日程も決めないといけないと悩みはじめていた。

八月二十五日のFacebook。美しい海の風景にこんなコメントがアップされた。

一昨年の今日はこの景色にいたのですね。来年は行けるかな？

癌を覚悟しているコメントだった。癌だとしたら、死を意識するのは当然だ。私たちには強がった顔を見せていただけに、このコメントは胸に刺さった。
八月三十日。料理が得意な父が、私のために腕を振るってくれたことをFacebookにアップした。母がなかなか作ってくれない酢豚を父は手際よく作ってくれる。私は、ついつい父に酢豚をおねだりすることが続いていた。父は、材料や調理器具にもこだわるタイプ。

中三の学力試験に向けて勉強中の娘のリクエストにより、夕食は酢豚！　イベリコ豚のロースを買ってきて、塩胡椒《しおこしょう》してよく揉《も》んでから、片栗粉をまぶし、溶き卵をくぐらせ170度くらいでカラッと揚げました。パプリカ、玉ねぎ、ニンジンを中華鍋で炒めて、豚肉を戻し、黒酢を絡めてチャチャッと作りました。唯一にんじんは下茹《したゆ》での時間が足りなかったらしく硬くて失敗。でも、全体的には好評でありました。

本当に美味しかった。外食の酢豚は味も油も濃いが、父の酢豚はさっぱり味でジューシーだった。正直、母より凝ったものを作ってくれる父の料理が私は大好きだった。
九月四日。まだ、今年プールに行っていなかったと、近所の仲良しご夫妻、奥野さんとプールでバーベキューをした。急いで、やり残したことをやろうとしているようだった。父のFacebookにどこか寂しさが漂う。

去りゆく夏を感じる土曜日。今年初めてのプール。日頃の行いのせいか、奇跡的に雨が上がっております。ＢＢＱ三浦野菜。杉板に載せたサーモンは燻製《くんせい》、スペアリブ、バーベキュー用には霜降りの和牛より、歯応えのあるオージービーフ。仕上げは、Costa Coffee! 今日も美味しくいただきました。

九月五日。もし、癌だと確定したら、という恐怖があったのだろう。じっとしていられないと、セーリングに繰り出した父のFacebook。

雨にも降られずサクッとセーリング! 横浜のランドマークタワーを背景に潜水艦! 間近に来ると艦外に隊員が出ての訓練眺めておりました。珍しい遭遇です。

そして、いよいよ九月七日。大学病院には母も付き添った。癌宣告をされた。

「低悪性、粘表皮癌」

画像を見せられた。舌の奥の奥の裏。極めて珍しい場所の極めて珍しい癌だと説明を受けた。大きさはなんとゴルフボール大。ゴルフボール大？　そんな大きな癌をかかりつけ医はなぜ見逃したのか。そして、この大学病院に来てから約一か月半。検査に時間がかかりすぎではないのか。その間に進行しないのか。そんなにも見つからない癌なのか。すぐＰＥＴの予約を入れた。担当の先生は何とも頼りなく、質問に自信なさげに答える。日本でも有数の大学病院なのになんとも心配である。その先生が、手術をすれば根治ができる、と説明するが、何の説得力もなかった。どれだけこの病院に症例があるのかと尋ねると、

「自分は経験が無く、上の者があるかないか」

それだけ珍しい癌ということか。彼は済まなそうに、舌根を大きく切らないといけないため、舌の機能が失われること、失われると食べることができなくなること、手術は十時間以上もかかる大手術になること、を説明した。全く、説得力も無ければ納得もいかない。なぜ、舌という小さな組織にそんな手術の時間がかかり、機能が大きく失われるのか。まして症例が無い病院に委ねられるのか。他の場所から移植して舌を形成するのに、なぜ機能しないのか。すぐさまセカンドオピニオンを癌専門病院に受けたいと相談し、紹介状を

書いてもらうことになった。

時間の猶予がどこまであるかわからないため、ＰＥＴはここで予約した。中咽頭癌、粘表皮癌のステージ別生存率をすぐスマホでたたいた。なかなか厳しい結果が書いてある。しかしステージ4でも五割弱の生存率。つまり生存している五割になればいいじゃないか、母が声をかけた。しかし、父は口を開かなかった。

わざとこの問題から目をそらしていた。事実に向き合うのがつらかったのか。数年前に最後を迎えたヨットレースであるタモリカップをFacebookで振り返っていた。タモリカップは芸人のタモリさんを船長とした日本最大のヨットレース。父のヨットが停泊しているベイサイドマリーナで毎年この時期に開催されていた。マリーナに併設されているアウトレットショッピングモールのリニューアルを機に、十年続いたレースは二〇一九年に幕を閉じた。この年もわが艇は参加し、結果は残せなかったものの、マリーナのいたるところに屋台が出る「打ち上げ」にレース会場が大盛り上がりした。父の投稿がやるせない。

二年前、タモリカップのレースに出てましたね。

遠い昔のことのような記憶です。Facebookは日記帳のようなもので、突然リマインドしてくれる意外性が楽しいです。

あえて病気に触れず、楽しい過去を振り返る文面が切なかった。

それから我が家は「セカンドオピニオンプロジェクト」だった。もともと調べることが好きな父は国内中の症例、海外の記事など調べつくし、走り回った。後に、「自分という患者さんに向けてプレゼン資料を用意する感覚だった」と言っていたが、あたかも仕事のように資料を集めて分析をしていた。保険会社に電話をしたり、がん相談支援センターに電話したり、癌関連の本を読んだり、一心不乱だった。普段は誰よりも強くて、泣いたことが無い母が、真っ赤な目をしていることが多くなり、「大丈夫、大丈夫」と声に出すことが多くなった。その、「大丈夫」は父に向けられたものでもあり、自分にも言い聞かせていることを私はわかっていた。

最先端治療も調べた。高濃度ビタミンC、光免疫細胞、陽子線、重粒子線、ＮＫ細胞療法。父は、じっとしていると落ち着かないのか、紹介を受けて高濃度ビタミンC治療を受けるなど、動きまわっていた。

予定していた友達とのヨットピクニックについて、行くか行かないかを話し合った。父に無理をして欲しくなかった。ピクニックは、仲の良い家族と八景島沖まで出て、アンカリングして海水浴を楽しもうという企画だった。父は、私が楽しみにしていたこと、この先どうなるかわからないからやれることは今のうちにやっておこう、という思いから予定どおりに連れていってくれた。この日の父の投稿。

九月十一日。ここはどこでしょう？　友達艇から撮って頂いたアイジーバンデ（船の名前）。昼からお日様出てきて子供たちは海で泳ぎました！　八景島海の公園、この夏最後のクルーズです。


父は、「この夏最後の」に思いを込めていた。その後、横須賀沖で潜水艦に出会った。潜水艦の上に海軍兵が出ていて大きく手を振ったら振り返してくれた。

「こんな経験なかなかできないね」

と楽しそうにみんなが興奮していたが、父はあまり笑っていなかった。

「セカンドオピニオンを聞いて慎重に判断したい。舌を残す方法を探したい」

と舌を無くしてしまうことに対し切実だった。食べることと飲むこと、おしゃべりすること、が好きな父。舌なんて父の身体からすれば本当に小さい組織。それなのに、ゴルフボール大の癌のために、楽しみを奪われてしまうのか？　我が家はとにかく食を大切にしている。母はいつも食材を吟味し、オーガニックにこだわるだけでなく、産地までこだわっていた。父が癌とわかったとき、あれだけ健康に気を付けて食材選びをしていたのに、とつらそうだった。料理の腕は、正直父のほうが上だった。料理中はきちんと素材を計量する。どこかの料理番組のようにガラス皿に食材をきちんと分けて、順番どおり火を通していく。共働きの我が家は、お弁当や朝ごはんは母担当。時間のある夜や週末は父が料理を担当。私は週末、父が鉄板で焼くお好み焼きが大のお気に入りだった。

　そんな父から食べることを奪ってしまうのか？　そして私たちは父と食卓を囲めなくなってしまうのか？　まだ確定しない未来を不安に思う日々。心残りがないように、と今年の夏最後のプールバーベキューを家族で囲んだ。美味しそうに食べる父。この幸せがずっと続きますように。誰も口に出さなかったが、噛《か》みしめる心が伝わってきた。この日の父の投稿。

今夏、最後のプールバーベキュー。去り行く夏を惜しんでいます。

来年の夏に同じことができないかもしれない。父も私たちも不安しかなかった。

九月十三日。すい臓癌で寛解（完治ではないが症状が治まっていること）している父の親友を訪ねた。彼は、健康療法として炭水化物を制限するケトジェニックダイエットが効果があったと語った。人間の生命活動に於いて、ブドウ糖はエネルギーとして必要だが、癌にとっても必要要素である。ブドウ糖は糖質が体内で分解されてできる。つまり糖質を制限すると癌の餌がなくなる。人間の身体はブドウ糖が無くなると、代わりにケトン体がエネルギー源として生まれる。正常細胞がケトン体をエネルギーにできるのに対し、癌細胞はできない。したがって、ケトン体質（ケトジェニック）にしておけば、癌にたちうちできるという考えだ。

世の中には、「癌に効いた」「これで癌が治った」「癌サバイバー」などと人の弱みにつけこむフレーズで、様々な療法や薬が出回っている。どれが正しいかもわからないし、営利目的の詐欺もあるかもしれない。そう頭で理解していても、すがるものが欲しい。何より、親友が実際に元気にしている姿を見て、父は食事療法を開始した。父も自分で料理をしたが、母もありとあらゆる野菜を買ってきて食事内容に配慮をした。パスタも糖質がないものとなり、食材には糖質が入っていないか慎重に選ぶようになった。

九月十四日。大学病院でPET結果。幸い、転移が無かったことが確認された。セカンドオピニオン用の紹介状を何枚か受け取る。「低悪性、粘表皮癌」の特徴は、癌の九割という「扁平《へんぺい》表皮癌」と異なり、進行が遅い。

「専門病院でのセカンドオピニオンをお薦めします。ここでも手術ができますが、症例は本当にほとんどありません」

とはっきり言われ、心置きなく癌専門病院で治療を受けられる、と割り切った。しかし、癌宣告されてから、検査検査ですでに時間も経っており、猶予がない気持ちもあった。早速、十七日に日本で、中咽頭癌の手術件数が一番多いという専門病院の頭頸科の部長に会うことになった。徹底したケトジェニック食を続けていた父。計測すると理想的なケトンが生成されている。

「この食事で癌が小さくなっていないかなあ」

と笑いながら、父は母と病院へ向かった。

大きな病院らしく、手続きも時間がかかる。紹介状を渡し、引き継ぎのCDを渡し、問診票を書く。数時間待たされ、会った先生は、自信に満ち溢れた風貌の部長。

「この病院は毎日二千人の人が入り口を通ります。しかし、全員が出られるわけではありません」

いきなり衝撃的な説明から始まった。部長は日本でも有数の腕を持ち手術件数も断トツ。

「はい、こんにちは」

と挨拶はにこにこしていたが形式的。だが、この人に任せれば間違いないのだろう、と誰にも思わせるオーラもあった。

「ふつう、ここに来る患者さんは、もうここに決めてから来るんですよ。セカンドオピニオンとは珍しい」

とセカンドオピニオンを自分にさせるのか、的な高圧的な雰囲気を醸し出した。父は先生なら舌を温存する技能があるのではないか、という思いをぶつけた。事前に重粒子線療法などを調べていたからだ。重粒子線治療は、放射線治療が癌と共に周囲の組織も焼いてしまうのに対し、患部にだけ照射できる療法で、父の癌は適応だった。それであれば舌を残せるのでは、という期待が父にはあった。

部長は、頭から否定した。照射したところに穴が空き、将来、また再発したときに対応ができないと言う。また、他の病院で治療したところは自分は責任が取れないともはっきり言われた。苦手なタイプの先生だったが、説明の細かさと経験値の豊富さに、セカンドオピニオンではなく治療の申し込みについても相談をした。手術はやはり十二時間はかかると言われた。舌を採り、お腹か腕から皮を移植し、失った舌を形成する。

舌を形成するのであれば、リハビリの結果、もとの機能になると思っていたがやはり甘かった。神経が通るわけではないので機能しないという。あくまで形として整えるだけ。舌の筋肉の力は残った舌でまかなわないといけないと言う。父は続けて、自分が行っている食事療法や、高濃度ビタミンC療法などを相談した。部長は少し鼻で笑った。

「患者さんが好きなことをしていいですよ。ただ手術前には気を付けて欲しいことはまた説明します」

冷ややかだった。統計的にそんなものは全く役に立たない、と言っているのも同然だった。

しかし、患者にしてみれば毎日を無駄にして死にたくない。親友に薦められた高濃度ビタミンC療法を継続することにした。高濃度ビタミンC療法は、癌に効くほどビタミンCを点滴する療法で、ネットで調べても広く一般的に人気がある。効果については賛否両論だし自由診療である。だが、死を意識する癌患者にとって、すがれるものにはすがりたいというのが本心だろう。怪しい療法が蔓延《まんえん》しているが、信頼できる親友が実際に良くなったと薦められれば頼ってしまうのは当然。しかし血管にも負担がかかる点滴。時間も拘束され、疲労も溜まっていく。治療して疲労するのが本当によいのだろうか。

九月二十一日。大学病院の重粒子線科に相談をしに行った。意外にもノウハウが無く、重粒子線専門病院に行くように薦められる。まだどこで手術をするか決まっていないため、検体も大学病院で進めることになった。

九月二十九日から三十日。国立研究開発法人量子科学技術研究開発機構、神奈川県立がんセンター重粒子線治療施設をそれぞれ訪問。重粒子線の適応になるのか、治療はどのようにされるのか、メリット、デメリットの詳細を確認した。父は、なかにし礼氏の『生きる力　心でがんに克つ』（講談社）を読んでいた。なかにし氏は二〇一二年に4センチほどの食道癌が見つかり、余命八か月と診断されるが、国立がん研究センター東病院（千葉県）で陽子線治療を受けて癌が消えていた。舌を残し、食事を楽しめる人生を残したい、という強い気持ち。だが、重粒子線治療後のフォローや再発してしまったときの受け皿など、不安な点が多く、なかなか決断ができない。癌専門病院の予約も取っていたが、セカンドオピニオンに走りまわり、間にビタミン療法、食事療法を続ける父。前向きに治療について考えている様子だったが、イライラしているのもわかり、母と私も気を遣う日々だった。

　一方で父には気がかりなことがあった。私たちの育成だ。力量不足で全員補講になってしまった私たち四人をどうにか合格させなければならない。手術前に補講の日程を決めたいと保護者に打診。部活を返上してなんとか設定できないか、と日程調整に焦っていた。

「命がけで授業をしたい」という気迫がメールから伝わってきた。

「もうしばらくヨットに乗れないかもしれない」

　父は空いている日は海に足を運んだ。癌宣告を受けて心配した仲間が、逗子の海に集まった三連休。父はレストランでお酒を頼むのを止めた。誰よりも赤ワインが好きだった父。みんなには自分に遠慮しないでお酒を飲んで、と勧めていたが、本当は一番飲みたかったのではないだろうか。

　九月十九日の投稿。


　　三連休初日。鎌倉の葉祥明美術館に立ち寄ってからの逗子マリーナマリブホテル到着。これより台風通過しますが、今は晴れています。波高しですがウインドサーファー出てますね。

海に馳《は》せる思いが伝わってきた。レストランは、何とサプライズで私の誕生日ケーキを用意してくれていた。盛り上がる友達たち。しかし、糖質制限をしている父はさり気なく口をつけなかったのをみんなは気が付いていなかった。

翌日は、私のジュニアヨットスクールで大きなカタマランを生徒たちで動かす特別プログラムだった。二十人もの小中学生が大きな船を操船するにあたり、コーチだけでは手が足りないと、父はボランティアをすることになっていた。すでに声がかれていたが、父は病名を隠し、子供たちを指導していた。私はジュニアヨットクラスでは、すでに最上級年齢。父をサポートしようと小さい子供たちの安全確保を必死に務めた。台風が来ていたので思った以上にスピードが出る。沖で子供たちが落水しないように、でも楽しめるように目を配った。父は、気持ちよさそうだった。子供たちを指導するのが本当に好きなのだと伝わってきた。一緒に乗船した母は写真をひたすら撮っていた。この日の父の朝の投稿。

おはようございます。逗子の海はとても穏やかになり、雲間からお日様が覗《のぞ》いております。今日は娘のヨット教室私もアシストで同乗します。この海況ならセーリングできますね！

そして帰宅後すぐのアップ。

日本財団サポートのリビエラJr.ヨットクラブ。田中チーフのアシストでコーチしてきました。いつもは、シーボニアでハンザディンギーで練習しているのですが、今日は逗子マリーナでカタマランに乗船の回。子供たちとともに親御さんも一緒に乗って素晴らしい体験になりましたね。普通では出航を見合わせる白波が立つ海況で、うねりは少ないですが、風は14メートルまで吹き上がる中、コーチたちの指示のもと皆ニコニコして力を合わせて操船し、誰一人怖がらずに動き回っていたのには少し感動ものでした。娘もお友達と最上級生コンビとして、小学生たちにヘルムをアドバイスしている姿を見て親バカですが少しは成長したなぁとこれまた感動いたしました。ナイスセーリング！

よほど楽しかったのだろう。そして私の成長を見てくれていたことが、恥ずかしいが嬉しかった。連休最終日もヨットを楽しんだ父の投稿。

スルスルと加速する最高の感覚！　船底塗装終わって、降ろしてそのまま仲間とテストセーリング。風速15～20ゾーンがこの船にはぴったりの風ですね。秋の気配が近づいてきた晴天の中、船も人も一体となって気持ちよ～く走りました。海の仲間に感謝です。

この頃から、父のFacebookには「感謝」が多く出るようになる。毎日を大切に生きようとしている父の姿。私はできるだけ普通に接するようにしていた。

ようやく私たちの補講日が、十月三日に決まった。父は自分が癌であること、手術後にしゃべれなくなる可能性があり、教えられる最後のチャンスになるかもしれないこと、したがって、しっかり予習をしてくることを子供たちに諭した。

九月二十五日は風が強かった。しかし、不合格になりそうな私のために、父の仲間がヨットを出そうとマリーナに集まった。

北東風、15から19ノット。マリーナの旗は黄色。いつものレギュラーメンバーで出航！　東京湾八景島～横須賀沖合いは波がチョッピーで東が吹くとダメですね。上りは、波のスプレーだいぶかぶりました！　ビームリーチで艇速8・6ノット。中三、娘の舵取りも上達してきました。

マリーナの旗は風の強さにより船の航行の安全可否を知らせている。当然黄色は危険だし、赤のときはほぼ出航不可。だが、船長判断で出航は可能。ヨットはキール（船のバランスを取るため、バラスト＝重石として船の重心が下に来るようになっている）があるため、強風でも走行可能である。父と仲間は外洋レースの経験も豊富で黄旗のほうがヨットは良く走ると言う。私の訓練のため、出航してくれた。ヨットは爆走し、気持ち良かったが、風が強くバランスを取るのに疲弊した。父も疲れたのではないかと思う。私は補講で、みんなの足を引っ張らないようにしなければいけない、とただただ必死だった。

九月二十八日。私の十五歳の誕生日。毎年、秋生まれの海の仲間で盛大に集まるのが常だったが、今年は父に配慮をして家でやることにした。近所の奥野さんご夫妻をご招待。祖母は数週間前に体調を崩し、入院していた。

耀永十五歳の誕生日。ゆうに三千枚ほどある写真から海がらみの写真やビデオをスライドにまとめてみて、皆で鑑賞しました。当たり前ですが五年前のヘルム取る姿だけでも成長したなぁと感じます。ばあばは入院しているので、ご近所さんで、ほぼ親戚の丈さん、恵子さんお祝いに来ていただき感謝です。ありがとうございました。

父は私の十五年間を映画のようにスライドにまとめてくれていた。病院にあれだけ通っていて、気持ちの整理だってあるだろうに、一体いつの間にこんなビデオを作ったのか！　大好きなジャスティン・ビーバーの曲を入れてくれていた。最高のプレゼントだった。父は、最近みんなに感謝を連発しているが、私のほうこそ感謝だった。

十月二日。この日は、マリーナでヨットショーが行われており、多くのヨット関係者が集まった。父は多くの人に挨拶に回った。自分の状況を説明し、

「入院するが心配しないで欲しい、必ず帰ってくるから」

と自分に言い聞かせるように話す父。多くの人が、「大丈夫、大丈夫」と明るく声がけをする。本当にどれだけ大丈夫なのか、私には想像もつかなかった。

いつだったか、学校から帰宅すると父がじっとゴルフボールを見つめている日があった。

私の帰宅に気が付かなかったほど凝視している後ろ姿に、私ははっとした。

「癌の大きさを見ているんだ」

私は胸が苦しくなった。あんな大きなものがずっと口の中にあったのに、何で誰も気が付かなかったんだろう。どうして医師が早く見つけてくれなかったんだろう。父は人間ドックと会社の健康診断と年二回も検査していたのに。毎年毎年。一体、癌はいつからそこにいたんだろう。父が気付き、

「お帰り」

と言った。私も何も気が付かないふりをして、

「ただいま」

と言った。この普通の会話が一体いつまでできるんだろう、と胸が苦しくなった。

十月三日。私たちの補講日。お母さま方もみんなマリーナに集まった。真夏日だった。

「あんたたち、しっかりやるのよ！」

タイガーのママが檄《げき》を飛ばした。

「熱中症に気を付けて水分摂ってね。船酔いしないように！」

ロッキーのママも心配する。菜々子のママは肝っ玉が据わっている。子供たちに忘れ物

が無いか、チェックをさせ、動きを見守っていた。熱中症や船酔い、万が一、父になにかあったときのために、父の船のクルーでＩＳＰＡ資格保有者の牛込さんと母がアシスタントで乗船した。

うだるような暑さの中、

「何が何でも合格させる」

というコーチの気迫に私たちは応えようとした。揺れる船体を安定させるよう舵を取り、素早くセールを上げ下ろしする。ＭＯＢ（マン・オーバー・ボート）という落水訓練が一番きつかった。もし落水者が出たら、すぐにブイを投げる。波で落水者が見えなくなるのを防ぐためにだ。訓練では、ブイだけを海に投げ、全員が協力して拾いにいかなければならない。波の間に見え隠れするブイ。ワッチ（見張る）する人、舵を握る人、シート（ロープ）をトリミングする人、拾う人。大きな声がけで、助け合わないと落ちた人はまず拾えない。かつてアメリカズカップで活躍した有名なヨットマンもレース中に落水し、目が合っていても拾い上げられなかった、というすさまじい話を知っている。風と潮に流され、ブイも船も思ったように近づかない。コーチの指示で、ヨットを旋回させ、必死でブイを拾いにいく。一回目でうまくいかず、タックして旋回した。穏やかだと思った海だったが、横揺れし、ロッキーが気持ち悪そうになった。母が水筒を渡すと、スターン（船尾）から海に吐いた。水を飲むがそれが呼び水でまた吐く。下を向くのでまた気持ち悪くなる。

「大丈夫っす！」

と声は弱いが、何が何でもやるという気迫が背中から感じられた。私も、揺れは怖かったがひるんだらいけないと涙が出そうだった。タイガーは力でウィンチを回し、菜々子は常に安定した動きだった。

続いてヒーブツー。これはセールを張ったまま、風に立ててヨットを静止する技術。これができないと落水者が拾えない。風をしっかり読み、セールを合わせるために微調整する技術が必要とされる。それぞれが、ローテーションしながら、舵を握る。船を止めると波とうねりの影響を受ける。船酔いが余計ひどくなる。

ランチ休憩で桟橋に移動した。ロッキーは立てずに桟橋に横たわった。軽く熱中症を起こしていた。買い物に出かけていたママたちが氷やポカリスエットを買って駆けつけた。なかなかロッキーが起き上がれない。時間が無いから、と私たちはお昼を食べるよう促された。ロッキーを見捨てるわけにいかない。合格は全員でする！　みんながロッキーを励ました。最初、弱りすぎて水も飲めないロッキー。オーエスワンを口に含み、少し動けるようになったがまだ立ち上がれなかった。コーチも悩んだ。

「ロッキー立てるか？」

静かに聞いた。ロッキーは、

「どうしても取りたい。だめっすか」

横たわったまま絞り出すような声で何度も繰り返した。私たちも「立て、ロッキー！」と心で叫んだ。私は父のためにも立って欲しかった。タイガーはロッキーのそばを離れなかった。

「行けるか？」

コーチの声に、ロッキーは立った。ママたちも祈っていたと思う。水分を摂って、ふらふら立ち上がった。休憩も兼ねて、コーチはかすれる声で講義を始めた。抑えておかないといけないルール、用語。

そして、ヨットに欠かせないロープワークの試験。よーいどん、でスタートした。行動が遅い私だが、ロープワークだけは誰にも負けない。あっという間にフレーク（シート「ロープ」をまとめること）が完成しトップで合格！　続いて菜々子。ロッキーとタイガーも完成。コーチも牛込さんも満足そうだった。全員でまとめたフレークの成果を片手に、ヨットのスターンに集合。母が合格祈念の写真を撮った。続いて再出航。最後のまとめをしながら、本来のバース（船の停泊場所）に船を戻しに行った。バースではママたちが先回りをして待っていた。栈橋にタイガーと菜々子が降り、クリートに結ぶ。無事に帰還。コーチの、

「全員、合格です」

に栈橋中に拍手が起きた。私も感無量だったが、コーチも嬉しそうだった。続いて、私たちからのサプライズ。こっそり四人で、父のセーリンググローブに寄せ書きをしていたのだ。

「元気になってまた乗せてください」ではなく、

「俺たちがコーチを乗せますから安心してください」

のコメントに、

「十年早いわ」

と言いながら嬉しそうなコーチ。その日のFacebookは、全員の笑顔の写真。

十五歳のセーラーたち、誕生です！

輝ける未来へ、来年はカナダに行って地元の子供たちとセーリングしましょう！
おめでとう。

このときは本当にカナダに行けると思っていたのだろうか。少なくとも、行きたいという思いをここに馳せた父。私たちは、「コーチと共にカナダに行く」を共に誓った。
十月七日、二十二時四十一分。激しい地震と、携帯の地震アラームで飛び起きた。震源地は千葉。津波は無かった。珍しく私も起きてしまい、寝室からリビングに移動して、家族でニュースを見たほどだ。母と私はぐっすり寝ていたところを地震で起こされたが、父は起きていたと言う。「癌が疑われ始めてからずっと眠れていなかった」ことをここで知った衝撃。父に寄り添っていなかった自分に気付き、私は葛藤した。父は、

激しく揺れましたね。津波はなし。びっくりして家族全員で、起きてテレビで地震情報観ています。

とFacebookに書いたが、実は自分は眠ることができていない、ということを伝えたか

ったのだ。

手術、入院予定を伝えなければいけない。父の所属する会社の社長、会長、相談役に報告に行った。相談役が学校の先輩でもあり、自身も癌サバイバーであるため親身になってくれた。

「自分も治っているから大丈夫だよ」

と明るく励ましてくれた。会長は、中咽頭癌に詳しい親友がいると、ある大学病院の先生を紹介してくださった。その先生の話は説得力があった。自分も同じ癌なら、癌専門病院のその部長にお願いする、命のピラミッドがあるなら、頂点は命、次に機能、最後が美容と言われ、父は決心した。

「その部長に賭ける」

すぐ再診の予約をとった。

癌専門病院の再診が十月二十二日に決まった。病院では、大学病院からの資料はあくまで参考。自病院でも検査が必要、とまた最初から検査となった。検査の結果にもよるが、手術日は十一月十六日を目指そうとなった。淡々とリスクを語る医師。その検査結果を待たないと詳しいことは話せない、と言う。厳しいが、経験が豊富な医師を信じる他、選択肢が無かった。さらに、他のチームから呼ばれ、ゲノム解析をしたいと言われた。珍しい種類の癌のため、データが欲しいこと、解析をして遺伝性の可否を調べたいこと、を伝えられた。もし遺伝性であれば、娘の私にも伝えなければならないと、緊張感が走った。

実験台みたいだと感じたが、父は遺伝性かどうかを知りたいと私のことをおもんぱかって病院に協力することに合意した。細胞、血液検査に加え、家族の病歴も詳しく質問された。

この日、父は、しばらく映画も観られなくなるだろうと「007／ノー・タイム・トゥ・ダイ」に私を誘った。この年齢で父親と映画はなかなか恥ずかしい。だが、父の気持ちを汲み取った。ポップコーンが好きな私たち。大きなバケットを買って二人で食べた。ジェームズ・ボンド役のダニエル・クレイグ最後の作品。わくわくして観ていたが、最後に不死身のボンドが死ぬ設定だった。少し、後味が悪かった。

「格好良かったね」

と私は明るい感想に努めた。仕事帰りの母と待ち合わせて、オイスター専門店に寄った。がやがやしている店内で、映画の感想を語る父。「楽しい」とか「面白かった」とか、食事を「美味しい」という会話は、ごくごく普通のことなのに、なんだかとても特別なことをしている気がしていた。

数日後、ふと空を見上げると虹が出ていた。明るい未来を信じたいと思った。ずっとずっと空を見ていた。

十月二十九日。麻酔科の先生と打ち合わせ。ＭＲＩの解析データが出た。主治医の部長の診察があった。渡された資料には「ステージⅣ」とあった。当初、ステージⅡからⅢと言われ、この癌の種類は、進行が遅いと言われた九月。それから一か月間になにが起こったのか。部長は癌が舌の半分以上に侵食していること、転移はないが、リンパ節も切除すること、腹か腕から移植して舌を形成するが形成するだけで神経は繋げないので、固形物は食べられなくなることを説明した。また、会話するトレーニングをもってしても、構音障害といって、タ行、ダ行、カ行、ガ行が言えなくなる。母音ではイが難しくなる。どういった障害が残るかというビデオを観せられ、父は気落ちした。舌という筋肉が動かなくなり一番つらいのは、唾液が呑み込めないことも知った。つまり、よだれを噴き続けないといけないのだ。

私はこれまで全く舌の機能について考えたこともなかったが、この舌の役割がいかに大きかったかここで知ることになった。会話のときに、いろいろな音に従って舌も動く。舌が動かないことでそんなにも会話ができなくなるのか。そして、飲食障害。食べ物を噛むのは歯である。しかし、その歯のどこで噛ませるかコントロールしたり、噛んだものを舌でまとめてから、呑み込むように制御しているのが全部舌の働きなのである。したがって、舌が動かなくなると、噛んだものをまとめられないため固形物が食べられなくなる。呑み込む力も失うため、流動食も喉の奥にスポイトで入れないといけない。食べ物は重力では呑み込むことができず、「ごっくん」とするには筋肉による力が必要。その力をコントロールしているのが舌根だった。父の原発巣は舌根にある。つまり、舌根を除去することは今後、嚥下《えんげ》機能障害が起こり、誤嚥性肺炎のリスクがあるということだ。厚生労働省の「人口動態統計」によると誤嚥性肺炎が原因の死亡者は二〇一八年で四万人近くに上る。つまり比較的身近に起こる可能性がある。母の親友のお母様が誤嚥性肺炎で熱が出た、と施設から連絡があり、親友が向かうまでにお亡くなりになったという話を聞いたことがある。癌もさることながら術後の生活にも常にリスクがつきまとう恐怖。私の手術のように、よくなるための手術、そして回復が見込めている手術なら希望がある。命のためとはいえ、機能を失うことが見えている手術。希望はどこにあるのだろう。

十月三十日。泊まりでヨットに行きたいと言う父を送り出した。好きなことをやらせてあげたい、と母は言った。帰宅した父は満足そうだった。

「好きにやらせてもらってありがとう」

そう言われて、以前、ヨットにばかり出かけている父を責めた自分に怒りを覚えた。

「いいよいいよ、好きにして」

しか、言葉にならなかった。

ちょうど、有名な海洋冒険家、白石康次郎さんが、世界一周レースをした船と共にマリーナにいらした。家族で白石さんのヨットに乗せてもらい、そのヨットの機能のすごさや世界一周の苦労話を伺い盛り上がった。マネージングしている渡辺さんが父を励まそうと、ご自身のお店で白石さんとの夕食に招待してくださった。白石さんは世界中のヨットマンの憧れである。父は大変喜んだ。白石さんは持ち前の明るさで、

「座間さん！　元気になったらヨット一緒に行きましょう！」

と何度も鼓舞してくださった。十一月一日の父の Facebook から興奮が伝わってくる。

　京橋エドグラン「ぐりる・てる」の T-bone steak がっつりいただきました！　先週に引き続き白石康次郎さんを囲んで、渡辺ファミリーと座間ファミリーの食事会。

渡辺先輩の海にまつわる有名人の方々のお話や、白石さんの下積み話に笑い転げました。海の仲間といるとほんとうに元気でます。私もそんな存在になれればと思った楽しい夜でした！

ニュージーランド産の牛肉、ラムチョップは本当に柔らかくてジューシー。ハンバーグも最高！　ランチもやっています。是非一度お試しください。渡辺さん、白石さん、またしても家族でお世話になりました。ありがとうございました。

多くのヨット仲間からいいね、が来て父はちょっと自慢気だった。

さらに、十一月三日。父がセーリングをしていると、洋上で白石さんの船とすれ違った。あの世界レースに出たヨットと、「しばらく並走できた」と父は興奮した。この日の投稿も興奮冷めやらない様子が伝わってくる。

文化の日！　洋上でたくさんの出逢い！　海猿の洋上吊り上げ訓練。護衛艦111おおなみ出航。そして圧巻は、白石さんとグローバルワン！　沖を帆走しているのをみて、洋上ミートできるよう折り返すものの、艇速速くてなかなか厳しい！　根岸湾に戻ってくるところで、追っての風で至近距離で並走できました！　一昨日ご一緒したばかりですが、白石さんと声が届くところまで並走できたのは今年最高のセーリングでした。うちのクルーも感激。こうして、海に出ていると、たくさん良いことありますね！

さらに、自分の記録を残しておきたいと、セーリングのYouTubeを作り出した。

　このところ、ちとはしゃぎすぎと、自戒感ありますが、セーリングしながらIMOCAクラスのヨットと並走できるなど一生ないことなので、はしゃいでおります。興奮覚めやらぬ間にビデオにまとめてみました。YouTubeチャンネル、Capt Z Cruising world下記リンクからご覧くださいませ。

癌を忘れて、捨て身で遊んでいるかのような父。今しかできないことをやらせたいと私と母はただただ見守るだけだった。

ここから入院するまでの間は、父は何をするのにも「最後の」を接頭語にするようになった。コロナ禍で分散教室になっていた当時、術後の私が罹患《りかん》しないように、と毎日父は学校まで車で送迎をしてくれていた。落ち着いてからは、駅から距離があると、父は私を駅まで送ってくれていた。しかし、父に甘えたくない、と最近は駅までバス通学をしていた。一分でも多く父に睡眠をとって欲しかったからだ。しかし、入院前の数日間、父は早起きして私を送ってくれた。断ったが、「最後だから」と押され、甘えることにした。

大きく変わった食卓も、父が食べたいものを優先した。「もう食べられないから」と父は、食べたいもののリストを作った。「最後の」餃子。「最後の」パスタ。「最後の」チャーハン。「最後の」焼肉は、よほど美味しかったのか、もう一度「最後の」焼肉がリピートされた。美味しいごはん、楽しい会話。これが全部「最後」になるなんて。何で我が家だけそんな思いをしないといけないのだろう。父が何か悪いことをしたというのだろうか。家族で好きなものを好きなときに食べられなくなる、と思うとたまらなく切なかった。食べることが人一倍好きな父とこれからどうやって食事をしていけばいいのだろう。

「最後の」鉄板焼きは、七日にお墓参りのあと。祖父母が存命だったころから、お墓参りのあとは八王子の鉄板焼きと決まっていた。なかなか予約が取れず、予約が取れる日にお墓参りの日程を組んだ。お墓より鉄板焼きを優先するのはバチが当たると思うのだが、きっとご先祖様も理解してくれるに違いない。墓前で父は線香が半分になるまで手を合わせていた。母も私もずっとずっと静かに祈った。

レストランは、七五三をお祝いする家族でひしめいていた。美しい着物や袴《はかま》の子供たちを幸せそうに見守る笑顔の家族たちの姿。幸せそうな人々を見れば見るほど、「なぜ父が」という思いだけがこみあげてきた。笑顔の人たちの中で私だけが孤立しているさみしさを覚えた。美味しい食事を出してくださるシェフに食材や料理の仕方を聞いて、楽しそうに会話をしている父。その横顔はふだんどおりで、病気であることを忘れてしまいそうになった。食事が終わったあと、

「もう思い残すことはないな」

と父は笑顔を見せた。決意の食事だったのだろう。笑って食べて飲んで。何でこんな普通のことが、今こんなにも特別なんだろう。

十一月十一日。長らくペーパードライバーだった母は、今後困るから、と小さい中古車を買いに出かけた。家の車は大きくてぶつけそうだと、運転ができなかった。車椅子が入る高さがあるコンパクトな車を選んだ。友達にお願いして、車庫入れを必死で練習した。

父は、しばらく練習していなかった居合の稽古を始めた。学生時代、剣道部だった父。

小さい頃、刀鍛冶になるのが夢で、家に何本か真剣がある。居合でも高い段を持っていて、いくつも優勝経験があるらしく家にトロフィーがある。海外生活をしていたときは、日本人学校で剣道を子供たちに教えていた。

五年ぶりとなる、真剣での居合の稽古。無双直伝英信流　正座前、抜打ちの二本。無双流居合斬道　四方斬り（四方祓い）。刀の重量に身体が呼応できてないですね。心技体、グレートリセット始めます！

手術後のリハビリは刀でする、と宣言した。刀を振るときは袴に着替える父。武士だった。身のこなし、向き合う姿。場の空気がぴりりとする。

父の入院日は十一月十二日に決まった。手術が十六日なら二日前ではだめなのか、と交渉したがコロナ禍でもあり、難しかった。

入院の前日は、私と母でふわふわのハンバーグを作った。玉ねぎはあえて炒めず、蒸した。パン粉は使わず片栗粉と豆乳に卵を浸す。将来、このくらいの柔らかさなら食べられるのでは、という思いを込めた。弱火でじっくり焼く。

「こりゃ、旨いわあ」

父がおかわりをする。母の目は真っ赤だった。そして、明日から父は長い出張に行くかのように、用意を始めた。

十一月十二日。登校前に父にハグをした。ぎゅう、と力が入った。コロナのせいでお見舞いも行けないのに、手術の日も付添人は一人まで。

「すぐに会える」

父と記念写真を撮った。週末にこっそり病院に行こうと思ったがセキュリティが厳しく難しそうだった。夜、病室の父とビデオ通話をした。笑っていたが疲れている父の顔を見て、思い切りの笑顔を作った。声を失う、と知った友人が、ＡＩが声を再生できるというプログラムを見つけてきたと、父がビデオを観せてくれた。指示のある文章を読んで録音し、話したいことをＰＣに打つと、その人の声で再生してくれるという。早速、試した。なかなか見事に父の声を再生し、驚いた。見つけてくださった友人にも感謝したが、ＡＩの力に驚愕した。

手術前夜、父にＬＩＮＥで気持ちを伝えた。

「またゴルフに行きたいです。いつも駅に送ってくれてありがとう。００７も一緒に見てくれてありがとう。かなり大変でショックだったり、なんで俺なんだよって思う気持ちがあったり術後にメンタルきたりするかもしれないけれど、どんなときでも家族は味方です！　忘れないだろうけど忘れないでね！　つらいこと、痛いとか、あったら遠慮しないでいくらでも伝えてくださいな。そのとき、大変だったら、だいぶ回復してからのＬＩＮＥでも、いつでも待っています。パパ大好きだよ！」

「パパも大好きです♡」

ハートのスタンプが来た。元気そうな自撮り写真が送られてきた。それから、母とビデオ通話をした。看護師さんがうっかり食事の選択を聞くのを忘れ、魚の煮物が出てきたこと、もう一生食べられないからと交渉してかつ丼に変えてもらったことを面白おかしく話す父。

「『最後の』かつ丼だ。もう思い残すことはないな」

寂しそうだが笑っていた。二十一時半。もう下剤を飲まないといけないと、「最後の」ビデオ通話を切った。私と母は、暗くなった画面を何も言えないまま、ただただ見つめていた。

十一月十六日。手術日。早朝から出かけた母が帰宅したのは、もう二十一時をまわっていた。偶然にもその日、創立記念日で私は休みだった。コロナでなかったら私だって行けたのに。奥野夫妻が、私を心配してずっと家にいてくださった。私が大好きな餃子を丁寧に握ってくださった。

「もうパパとは、餃子も食べられない」

食べながら、理由もなく涙がぽろぽろこぼれた。

母は、手術直前、リスクを説明された。切除した舌へは、左腹部の一部と左腕から皮膚と血管を移植するが、状況により舌の摘出もあるとまで言われる。切りながら舌の反応を見て、血が通らないと判断した場合はすべての舌を切らざるを得ないらしい。説明後、いきなり、

「ここから先は家族の方は入れません」

と母は父と引き離された。母は父の手をぎゅう、と握った。本当は思い切りハグしたかった。

「大丈夫だよ、行ってきます」

父はただ出かけるかのように、いつもの笑顔を向けた。父の笑顔の写真が送られてきた。

私は号泣した。何かあれば呼び出すとＰＨＳを持たされ、最低でも八時間はかかると言わ

れた母。五時間辺りでＰＨＳが鳴る。パニックになった。

「間違いなく何かあった」

止めるボタンが見つからない。ＰＨＳは鳴り続ける。どのボタンを押していいのかわからなくなる。いくつもボタンを押し、やっと出ると主治医からの呼び出し。母は走った。

主治医は、途中経過で摘出した癌を母に見せた。

「大きかったですねえ」

銀のトレイに載った３００グラム大の血肉の塊。ぞっとする大きさだった。ゴルフボール大と聞いていたのにその何倍も血肉が広がる。

「写真を撮りますか？」

と言われ母はシャッターを切った。いまだに私は怖くてそれを見ることができない。摘出後は、別の医師が引き継ぎ、食道を大きく広げ、咽頭から繋ぐ手術。そうすることにより、呑み込みを少しでも促せるのだと言う。

それから数時間後。再び呼び出された母。術後の父をタブレット越しに見せられる。母は人目もはばからず、「愛しているよ！」と叫んだ。父は嫌そうな顔をした。大勢の看護師さんに囲まれている中、嫌だったに違いない。母は恥ずかしいなどと言っている場合じゃなかったと言った。
医師からは、手術の大きさから五日間は集中治療室にいる予定であること、その間は本人の意識があっても携帯は使えないこと、緊急の場合は病院から電話があることなどを伝えられた。様子がわからないのはつらかったが、便りが無いのは良い知らせ、と信じた。だが、意外にも父から十八日に連絡が入った。話せないのでＬＩＮＥだったが、翌日一般病棟に移れると言う。早い回復だと母と私は喜んだ。だが、あとに父から聞いた話だと実際には明るい話ではなかった。父は、毎日のようにFacebookを日記代わりにしていたが、とうとう年内は更新をしなかった。書けないほど地獄で悶《もだ》えるような日々だったのだ。

術後の集中治療室。数台並んだベッドは野戦病院のようだった。島田氏（仮名）は、休みなく狂ったように何度も何度もナースコールを押す。その度にビービーとアラート音が鳴り響く。横の近藤氏（仮名）はすぐトイレと騒ぎだす。左にいた患者は三十分ごとにこの世のものとは思えないむせ方をする。息が止まって死ぬのではないかと悶えている。さらに、父には術後のせん妄も激しかった。棺桶《かんおけ》があり、氷が敷き詰められているところに自分が横たわっている。それを私と母が見ている。体が震えた。次から次へとアラームが鳴り、新たな患者が運ばれてくる。緊迫した様子で走り回る看護師たち。何度も自分が棺桶に入る夢を見る。

五日間はＩＣＵ（集中治療室）と言われたが、ここにいると頭がおかしくなりそうだった。十八日にはリハビリで歩かされた。Ｘ線撮影を撮り、手術が無事成功したかを確認したところで病棟に移してもらうよう懇願した。しかし、舌が全く動かず、ガーゼを口に含んでいないとよだれが止まらない。二時間ごとに、血流があるか舌をチェックする。血流が無ければ手術は失敗ということになり舌を除去しなければならない。血流があるとわかるたびに安心したが、よだれだけがコントロールできない。

「愛しているよ」

と母と私にＬＩＮＥをしてきてくれた。自撮りした写真は、父とは思えない程、顔が腫れあがり鼻から通る管が、痛々しかった。気管切開しており、首はペリカンのように腫れあがっているのが写真でもわかる。苦しそうだった。隣がナースステーションで明るく、眠れない。アイマスクが欲しいと依頼する父。母は、ここから毎日、家から一時間もかかる病院へ毎日通うことになる。しかし、コロナの影響で面会は禁止。病棟まであがっていき、看護師さんに荷物を渡し、洗い物をもらうだけ。

二十二日。手術から六日目。ようやく食事として、水400㎖と栄養剤が出てきた。呑み込むことができずスポイトで喉の奥に入れてはむせる、の繰り返し。痛みと嚥下とよだれの地獄。良くなるのだろうか。二十三日。便通がようやくあった。左腕から切った血管と皮膚のためにギプスがはめられていたが解除になった。腹の肉と左手にワニにでも引きちぎられたのか、という生々しい傷が残った。ようやく尿管が外れ、自分でトイレに行ってよいことになる。

二十四日は誕生日。六十三歳を迎えた。誕生日記念で、点滴の管を抜いてもらった。鼻から胃に直接、水や食料、薬を投与する「命の管」だけ残した。かつて八十五キロほどあった体重は入院直前七十三キロ。今は、六十八キロにまで落ちていた。二十五日には、気管器具を入れ替える処置をした。挿管するため、大きく気管切開をされていた。術後も呼吸を確保するため、緊急時に備え、気管の中にバルーンを入れた金属を挿入していた。その金属の一部を外してもらう。そこから音が漏れるものの、声を出してよいことになる。だが、舌が動かず、なかなか音にならない。ビデオが送られてきた。首に機器をはめ込んでいる姿が痛々しかった。

「座間一郎です。さながらダース・ベイダーです」
壊れたロボットのように、おそろしくスローなしゃべり。家族であるし想像もできるが、どの音もぼんやりとした低音で不明瞭。舌がだらりと動いていないのがわかる。顔も二倍に腫れあがっており、「すごいすごい」とＬＩＮＥで返事をしたが、内心は心臓をぎゅっと摑《つか》まれたくらい、苦しかった。

二十七日にようやくシャワーが解禁となったが、管だらけで工夫が必要だった。首が締め付けられるように痛い。母はこの日も洗濯物を取りにいった。看護師さんが、毎日通う母に気を利かせてくれた。車椅子で父を連れてきてくれたのだ。病棟の自動ドア越しに十一日ぶりの再会。父の散歩中に、母が偶然自動ドアの前を通りすぎた、ということにして欲しいと言われた。徹底した感染予防で、父には触れてはいけない。看護師さんが母から荷物を受け取り、母へ洗い物を渡す。ぱんぱんに腫れあがった父の顔。喉に大きな管を開けられ、組織を取られた包帯だらけの手。それでも顔を合わせられたと互いに手を振る。母は毎日その一瞬のために病院へ通った。

十二月になっても術後の検査は続いた。痛みと腫れは治まらず、動くと吐き気がした。部長が、父に体調の自己評価を聞く。父は「声六割、呑み込み二割、味覚八割」回復したと伝える。気管切開した喉の穴に埋め込まれている機器から、レティナというシリコン状の弁に変わった。術後のケアのため、喉にぽっかり丸い穴が開けられているのだが、この部分をレティナで塞ぐ。レティナを抜くと、食道の中が見える。血が苦手な父であったが、生きるためにこのレティナの操作を自分でしなければならなかった。当初は看護師たちが操作、洗浄をしていた。この穴は、今後の炎症対応のため塞がない、と言われる。てっきり、落ち着いたら塞ぐものだと信じていた父は、今後の転移を前提に説明を受けていると衝撃を受ける。そして、このレティナ操作ができないと退院ができないことも知る。

病理検査の結果が出た。T4a（ステージ4）大きさは44×27×26ミリ。ゴルフボールなんかより大きかった。リンパ節は四十八か所切除。残念ながらそのうち、五か所に転移があった。リンパ管に浸潤もあった。つまり、全身に癌が移動している可能性を示唆している。いわゆる典型的な癌である、「扁平上皮癌」であればここで放射線や抗がん剤の治療に移行する。しかしながら、父の「粘表皮癌」という癌は、極めて珍しく、放射線と抗がん剤が効かない癌だった。このまま経過観察になると言われ、何もしないことへの不安が広がるばかりであった。

栄養剤はまずかった。コーヒー、メロン、バナナの味があるが、いずれも人工的だった。

噛めないつらさ。ただただ、スポイトで喉の奥に流し込んではむせて、また入れる。たった少しの流動食を入れるのに三十分以上かかった。しかも誤嚥しないよう命がけの呑み込み。

「年末年始は家で過ごしたい」

どうせ栄養剤を流し込み、喉の穴をレティナで管理し、リハビリをするだけ。多くの医師たちも正月休みで病棟に来ないなら、通院にして欲しい、と交渉を始めた。レティナの管理を練習し、リハビリを必死に続ける父。ようやく病棟から一階の売店まで歩けるようになった。

週末、売店に買い物に来る父に合わせて、私は病院に行った。病棟では面会ができないが、一階の売店なら一般の人も入れるのだ。だが、コロナ感染のリスクがあるため、1メートル離れて父と会った。ぶわっと、涙がこみあげてきた。本当だったらハグしたかった。パジャマ姿でゆっくり歩く父。点滴台を握り、管という管に繋がれていた。喉が腫れあがってレティナがはめ込まれている喉の穴がグロテスクで、「ウッ」となった。移植した手の傷口が、ケロイド状になっており、人間の手には見えなかった。なんとかしゃべろうとする父。だが、口があまり動かず、唾液のコントロールができないのでずっとよだれを夕

オルで押さえている。コミュニケーションボードといって、書いては消せるノートで、

「ありがとう」

と書く父。私は泣いちゃいけないと思いながらも、涙が止まらなかった。

「思ったより元気そう」

と思ってもいない言葉しか出なかった。母も横で鼻をすすりながら、私の肩をさすってくれた。長居をすると病棟の看護師に怪しまれるため、ゆっくりと父はまたエレベーターに消えていった。たった五分。待ちわびた再会だったが、切なくて苦しくて寂しかった。

母からも医師に相談を入れ、ようやく病院から退院の許可が出た。医師が休暇に入るぎりぎりの十二月二十八日が退院日となった。母は受け入れ体制を取るため、医師や栄養士から注意点などを引き継いだ。

だが、よりによってクリスマス。父は発熱した。もし熱が下がらなければ、お正月は病院になってしまう。必死に解熱剤を入れてもらう父。何が何でも帰宅したかった。母は、帰宅して欲しいが無理をして欲しくないと葛藤していた。何がベストか私もわからなかった。二日かけてようやく解熱。退院してよい、と医師から最終許可が出た。

二十八日。父は主治医やその他の医師、看護師の方々へお礼をしたいと母に細かく指示

を出していた。大荷物のお礼を持って母が迎えに行った。私は、まだまだこれから通院するのに、そんなにお礼が必要なのか、少し疑問だった。

実に入院から四十七日。トランク二個分の荷物と共に父は帰宅した。傷口をかばって半身浴だが、一か月半ぶりのお風呂に入り、嬉しそうだった。話すことがまだまだ厳しく、筆談が続いた。車の運転もしたい、と運転席に座った父。なぜか「視界が弱い」と、不安そうだった。まだまだ術後の影響は残っているようだった。運転は当分難しそうだった。

三十日。外に出たいと母と食材の買い出しに出た。ブレンダーで自分で流動食を作るという。しかし、スーパーマーケットに入ったとたん、人混みで気分が悪くなった。

「まだまだ体が弱いなあ」

とボードに書く父。

「まだ退院したばかりだし」

私たちは鼓舞した。帰宅したことが嬉しい、だが不安そうな父の様子を見て、しっかり支えないといけないと思うばかりであった。家族で「紅白歌合戦」を観て、「ゆく年くる年」を見よう、と話していたが、父は早々にベッドに入ってしまった。私は、テレビの除夜の鐘を聞きながら、とても平穏な気持ちになることができなかった。

二〇二二年　再発、再再発、余命宣告

二〇二二年。家族で過ごすお正月。父は甘酒をお屠蘇《とそ》として少しだけ口に入れた。お節料理で一番好きだった数の子は流動食にしにくい、とお雑煮の鶏肉だけブレンダーにかけた。父がわずかな栄養剤と、お雑煮の流動食を流し込む横で、私たちだけお節料理を食べているのは気がひけた。母と私で作ったお節料理を父に食べて欲しかった。かつて私の伊達巻《だてまき》が美味しいと言っていた父。ブレンダーにかけてみることを勧めたが、べとべとしそうだからと断られた。

しかし、食卓は悲惨だった。父は少しの水を呑みこむにも命がけ。父がむせては、吐いて、を繰り返しながら〝食べる〟（呑む）音が凄まじく、なかなか横で食事をするのは厳しい。父には申し訳ない気持ちでいっぱいだったが、正直、食欲が萎えてしまった。この食べ方は、「ハフィング法」と言い、口を「ハ」の形にして、力強く「ハッハッ」と痰《たん》を喀出《かくしゅつ》するように吐き出す方法であり、気管に誤って入ってしまった食物を吐き出すために必要な行動であった。舌が動かないと、すぐ気管に流動食が流れてしまうため、ハフィングしながらでないと食事ができないのだ。これから、父がむせたり吐いたりしながら、一緒に食事をするのはなかなか気合いが必要だった。流動食しか食べられない父の横で「こちらだけが食べている」という思いも重なり、美味しいと思う余裕もない。しかも、コップ一杯分を食べるのにおそろしく時間がかかる。医師には適量を二十分以内で食べないと、食べている間に体力を失うと言われていた。食べられないのに、わずかな栄養を摂るためにどれだけ体力を消耗すればいいのか。初詣も誘ってみたが、とてもそんな体力は無さそうだった。私たち家族は一歩も外に出ない元旦を迎えた。

二日は、箱根駅伝。家で父と応援できたことは嬉しかった。コロナでなかったらきっと私は母校のジャージを着て、友達と応援に行ってしまっていただろう。ジャージに着替えてテレビの前で父と応援した。近所の奥野さんも箱根駅伝が大好きだということで、ジャージを着て、奥野さんの家に遊びに行った。気晴らしになった。父が病気ということを除けば、普通のお正月に思えた。

二週間ごとに通院は続いた。定期的にX線画像を撮り、再発がないことを確認。リンパ節に転移をしていたことが心配だったが順調に回復をしている様子だった。父は、少しずつ散歩の距離を延ばし、徒歩五分にある階段を昇降することを日課にした。ようやくFacebookも再開できる気になった一月二十四日。

毎朝の散歩コース。八十三段の階段、三セット上り降りします。結構ゼーゼーですがゆっくり焦らず。このところ富士山はっきり見える日が多いですね！

必死の体力づくり。希望がある人間の底力だ。

一月二十七日。

カナダのアカデミーから二〇二二年度の更新カードが届きました。オミクロンの猛威はいつまで続くのか？　ヨットのインストラクションも夏にはできるようになりますかね？

しゃべることさえまだままならなかった父だが、自らを鼓舞するかのようだった。筋力をつけたいとサイクリングも始めた。

二月五日。

夕食の買い出しへ！　まだまだ寒いですね。あきのとツーショット、このシリーズ

なかなか美味しい！　レトルトサムゲタン　ベニズワイガニのビスク

もともと美味しいものを食べることが好きだった父。少しでも食を楽しもうと、ありとあらゆるレトルト食品を試した。家ではオーガニックや健康にこだわった食材を模索して流動食にした。私は写真を撮られるのは好きではなかったが、最大の親孝行な気がして頑張って笑顔で父に並んで一緒の写真を撮影した。

舌のリハビリはなかなか厳しそうだった。サ行は良くなってきたが、タ行が厳しく、カ行は全く発音ができなかった。言葉を発するのに、そんなにも舌が必要だったのか。父が何を言おうとしているのか、繰り返し聞くのは申し訳なかったが、根気よくお互い通じ合おうとした。父が言おうとしていることを、オウム返しで確認する。なかなか理解できず、家族が聞きなおすことも多かった。すると、父がいらいらして、文字を書きだす。申し訳なく、また、たまらなく切なくなった。

ヨットにも挑戦を始めた。よだれが激しくビニールとタオルが欠かせない。また、揺れている船内で、水分を喉に流し込み誤嚥してしまうと危険なため、長時間セーリングが厳しい。何より危険なのは、落水だ。レティナ弁はあるが、気管が開口したままのため、落水してそこから水が流れ込んだら命は無い。日々の入浴は半身浴。洗髪する際は、弁に水がかからないようタオルをぐるぐる巻いて、穴を塞ぐ。

かつての長距離セーリングは断念し、短距離、短時間でマリーナに戻ってくるセーリングだけを楽しんだ。栈橋に停泊してから、落ち着いて流動食を流し込むランチ。しかし、家とは環境が大きくことなるため、流動食や必要な器材を用意して船に持ってくるという準備はなかなか面倒であった。できることをできる範囲で。生活ひとつひとつに工夫が必要だった。父も「よくなる」と信じ、日々、リハビリに励み、ヨットにも積極的に乗った。ベランダでは、居合の刀を振り、失ってしまった筋力を戻そうとした。食事は、流動食をむせながら、吐きながら、食べることになるので量は食べられない。体重はなるべく落とさないように、と高カロリーの栄養補助食品を取り入れる。ケトジェニックのとき、糖質は癌の餌になるから、と避けていたが、選択肢がなかった。父は限られた栄養補助食品に頼らざるを得ず、糖質を多く摂らざるを得なかった。よだれは出るので、いつもビニールと小さいゴミ箱を持ち歩き、唾液を出した。

二月八日。生涯を懸けようとしていたＩＳＰＡの仕事を再開。

まだまだ寒い日が続いていますが、夏に向けてクルージングヨットの理論をオンラインで学んでみませんか。私が理事長を務める、認定NPO法人ISPAジャパンのホームページに無料閲覧できるオンラインコース理論の入口を創りました。

父はまだ、ヨットのインストラクターに戻りたいという気持ちがあった。子供たちに指導ができるよう、舌を動かすトレーニングを欠かさなかった。木べらで動かない舌を押さえて負荷をかけつつ、音を出す。舌は筋肉なので筋トレである程度のリハビリが効くという。口腔外科を紹介され、口内アタッチメントを作ってもらった。舌が上あごを跳ねて音を出す言語について、アタッチメントで隙間を埋めて少しでも発音しやすくする。首の穴は開いたまま、レティナで塞いでいるだけなので、ここから音や水が漏れないようにメンテナンスする。口内コントロールが弱いのですぐ口内がべたべたするため、しょっちゅう洗浄が欠かせない。スポンジで何度も舌の上をぬぐい、きれいにする。何度も吐く。

正直、知らない人が見たら、いつも口から物を吐いていて、汚いと感じるだろう。それは生きるために必死な行為だが、コロナ禍ということもあり、そばにいる家族もなかなかに堪えがたい光景であった。父は、なるべく自分のことは自分で、と大量の野菜を買い込んで自分で料理をした。しかし移植をした手は痛く、体力も無い。荷物は持てないので、どうしても母が人の何倍も動きまわることになる。父をおいていけないと、我が家は外食は一切できなくなった。

「あきのは我慢することないから、お友達とご飯食べてきていいよ」

母は、私のストレスが溜まらないよう促してくれた。母も働いているため、ランチは外食できるし大丈夫、と言いながら、お弁当を持っていっていることに私は気付いた。一分でも早く帰宅するため、昼休みを返上して仕事をしているのだ。そして、疲れていたのだろう。私を送迎しようとして、家の駐車場のフレームに車をぶつけた。もともと長年ペーパードライバーだったこともあり、我が家の狭い駐車場の出し入れに四苦八苦していた母。車の修理に二週間はかかるという。奥野さんが必要な送迎は手伝うからと、慰めてくれた。そんな温かさが本当に嬉しかった。

父は、必死で体力づくりをしていた。焦っているようだった。どうしても減っていく体重を落とさないように、必死で筋力をつけようとする父の背中を見るのがつらかった。人から薦められた、温熱療法、気功など何でも足を運んだ。この頃になると、自分で運転ができるようになっていた。よだれがひどいので、長距離はつらそうだったが、気分が紛れると積極的に外出をした。

「コロナだけは気を付けて」

と母が心配するほどだった。

二月十八日は定期検診だった。転移もなく、部長が、

「合格です」

とにこにこした。体重もほどほどキープしていて、順調だと褒められ父は嬉しそうだった。時々傷口が締め付けられるほど痛いこと、首の弁から出血があることなどを話したが、治る過程と言われた。

「人生百年時代ですから、頑張りましょう」

という部長。少しそらぞらしく語っていると感じた母は、

——本気でこの先生はおっしゃっているのか。——

と疑問が湧いた。しかし、安堵《あんど》している父の姿を見て、嬉しくもあった。

二月二十日。毎年の大イベント。ひな壇飾り。亡祖父が買ってくれた七段飾りは段組から始まる力仕事だ。器用な父を中心に家族三人で飾るのが恒例だった。隣に住んでいる祖母も楽しみにしている。ひな祭りだけでなく、ひな壇を飾った日も、ちらし寿司を作って

お祝いをする。しかし、今年は父も力が無く、母も気力がない。残念ながら一段目だけ飾ることになった。少し寂しかったが仕方がなかった。

父のFacebook投稿はしみじみしていた。

お雛様飾りました。一段目のみにて雪洞《ぼんぼり》も灯しました！ 0歳児で父に買って頂いた七段飾りのお雛様、十五年も経ちました。今も成長を天国から見守ってくれていることだと想います。

祖母はこの頃、少し認知症とうつ病が入ってきていた。祖母と父とお互いコロナにり患しないように、と食事の時間を分けていた。本当だったらみんなで食卓を囲みたい。コロナのせいで家族が引き裂かれた思いがした。一番大変だったのは母だ。父の介護から祖母の介護。食事の時間がずれることで洗い物も面倒になる。それでも母はパワフルだった。

父は、痛みと不安で眠れない日々が続き、少しうつっぽい症状があった。一番、気がかりだったのは、ＩＳＰＡの理事の仕事。複雑な組織なのか意見が割れるのか、取りまとめが大変そうだった。話すこともままならない父が会議を取り仕切れるわけがない。

「生涯を懸けてやりたかった仕事であることは尊重したいが、命を削ってまでやることじゃない」

と母は厳しかった。父は納得し、団体創始者のボブさんに相談。理事長を降板したいと申し出た。一方で、ＩＳＰＡのクロアチアクルーズの広告を見て、夢を馳せた。かつて家族で行こうと約束していたクロアチア。同日のFacebook。

　私も、家族と仲間と来年には行きたいですね！　大型ヨットをチャーターしてのクロアチアでのクルージング。ファンセーリングもよし、事前にオンラインで学んで、実践コースに参加してインターナショナルライセンスを取得することも可能です。興味ある方はお問い合わせください。

自力で運転していた父だったが、この頃から、段々、長距離の運転が厳しくなってきた。私のヨット教室の送迎は母が担当することになった。

二月二十六日。奥野さんの運転で父はヨットに出た。風が強く船の中でゆっくりすると連絡があった。自宅にいた母は、祖母の食事を窓越しに渡そうと祖母に電話をしたが、電話に出ない。心配で様子を見に行くと、とんでもないことが起こっていた。祖母が浴槽で息をひきとっていたのだ。救急車、警察が来て事情聴取が始まる。父にすぐ戻ってきてもらうことになった。親戚にも連絡する。母は病院と警察に行かなければならず、私も警察に事情聴取をされて動揺した。通院記録と救急隊が来たときの現場の様子から、事件性は無いとされたが、検死が必要となり母は翌日も警察に行かなければならなかった。朝ごはんを渡そうとしていたとき、母はまだ食事をしていなかった。夜まで何も食べていない。普段から祖母や父のことで走り回っているのに倒れないか心配だった。母は母の弟に葬儀関連すべてをお願いし、だいぶ肩の荷がおりたようだった。

葬儀は四日になった。ひな祭りどころではなかったが、それでも母は三日の日はちらし寿司を作った。父に、はまぐりのお吸い物を食べて（飲んで）欲しかったからだと思う。葬儀中も父は口内コントロールが厳しそうだった。親戚たちが、

「思ったより元気そう」

と声をかけてくるが、一番後ろの席でよだれを捨てている父は本当につらそうだった。

三月十六日は大学病院での人間ドックだった。私にしてみれば癌を見つけてくれなかった人間ドック。本当に必要なのか、と疑問が残る。しかし、他の場所の健康を確認する、

と父は受けた。

そして迎えた、私の中学、卒業式、三月十七日。当初、父は口内コントロールが厳しいと出席を断念していた。しかし、母が、

「絶対、行ったほうがいい。具合が悪くなれば退出すればいい」

と先生に頼んで出口に近い席に座ることにした。学校の看板の前で一緒に写真を撮った。諦めていたのでとても嬉しかった。コロナ禍だったので両親まで、という制限があったが、どの家族もみんなご両親がいらしていた。病気を知らないご父兄たちは、お久しぶり、と声をかけるが、あまりしゃべらない父に違和感を覚えたのではないだろうか。事情を知っている仲のよい家族が近くに座って見守ってくれた。


　春の光の中で卒業式を迎えました。二年間コロナに翻弄された中学生生活でしたが、諸々良く頑張りました！　今日の卒業式で多くの友人たちと共に笑顔溢れる娘の姿を遠目に見ることができ、嬉しいひとときでした。四月からＪＫ、私ももうひと踏ん張りしないとです。

Facebookからも嬉しさが伝わってくる。久しぶりに心から笑顔で笑っている父を見た。卒業式に来てくれたことを私は一生誇りに思う。ありがとうパパ。最高だった。
笑うと免疫力が上がる、と聞いたことがある。私の卒業式は父の免疫力を上げたようだった。この日、二回目のFacebook投稿から、心の底からの元気が伝わってくる。

川脇の桜が開花ですね。雨が上がり天気良いので今週二回目の階段+ブラ歩き。少しずつですが、身体が軽くなってきた気がします。

父は卒業式以来、外出に自信がついたのか、私の表彰式にも同席してくれた。
三月二十七日。

雨上がりの日曜日。椰子《やし》の木とプールが素敵なリビエラシーボニアマリーナにて、前期のJr.ヨット最終日。娘はディンギーで午前中海に出て沖合の強めの風に煽られつつ戻りました。これから逗子マリーナへ移動します。午後からはリビエラ逗子マリーナへ移動して、リビエラSDGs作品賞受賞式へ。

砂を守るという作品で応募して、審査員特別賞いただきました！　ありがとうございました。黒岩神奈川県知事をはじめ、逗子市長、豊島区長、葉山町長、鎌倉副市長他サポート企業の代表の方列席の素晴らしいイベントでした。

逗子市長が父の立教大学時代の体育会自動車部の先輩だったため、ご挨拶をさせていただき、父は嬉しそうだった。

「来て良かった」

と言っていたが、事態は一転した。併設のホテルのレストランが私のお祝いのケーキを用意してくださっていたのだが、父はもちろん食べられない。平静を装ってカフェオレをオーダー。スポイトに入れて、喉に流し込んだのだが疲れていたのか、上手く呑み込めずむせてしまった。つらいこともあり、急に機嫌が悪くなった。私は、ケーキを食べるのもそこそこに、帰宅することになってしまい、お祝いの席だったのに、と少し悲しかった。レストランの方たちもきっと何が起こったのか理解できなかったと思う。レストランの方がお祝いの花束を用意してくださっていたのに、お礼もゆっくり言えず、そそくさとレストランをあとにした。嬉しい日が、一転、切ない日になってしまい、少し寂しい気持ちになった。

三月二十八日。祖母の納骨。遠い場所への移動だったが、父も同席した。親戚が、

「お元気そう」

と父に声をかけるが、父は愛想笑いで返すだけだった。移動がやはり疲れたらしく、夜は機嫌が悪そうだった。それでも私たちは、順調に回復していると思った。めかぶが呑み込めるようになり、少しずつ舌根の筋力がついてきているようだった。会話もわかるようになってきていて、筆談も減った。私たちの耳も慣れてきたのだろうが、書くこと無しで会話が成り立つのは喜びだった。

四月五日朝。突然、大出血。毎朝、首の穴を留めているレティナを首から抜いて、洗浄しなければならないのだが、抜いた途端に血が噴き出したのだ。父は、狂いそうな悲鳴とも言えない声をあげて、震えた。母がコットンとタオルで止血し消毒する。血が止まらない。急いで病院の救急へ電話をする。幸い、すぐつながった、救急車を呼ぶか自分で車を運転するか母は迷った。しかし、片道四十分はかかる病院から救急車を呼んでいては間に合わない。１１９番をすると、指定の病院へ連れていってくれるかわからない。急いで会社を休む連絡をして、気持ちを落ち着かせ、母は車を走らせた。

父の血圧は、１６０まで上がり、心臓はばくばくしていた。すぐに頭頸科で手術のサブを担当した先生が診察。気管内にできた芽肉が切れて出血を起こしているという。診療室一面をビニールで覆い始め、その場でメスで切る緊急措置。母は出るよう促された。そこら中に血が飛び散った。スプラッタムービーさながらの血しぶき。気管内は大丈夫だと中に抗生剤を塗る。診察室に呼び戻された母は、気管支の中があらわに見えるのを冷静に観察。しばらく出血が続いたら、どう対応するか確認をした。午後になっても出血は続いた。このようなことが今後も続く可能性があり、首の穴が塞げないことを説明された。父は転移が無く、順調であればいつかこの穴を塞いでもらえるものだと信じていた。しかし、医師が今後の悪い展開を想定しているかのようで、父は気落ちした。首に穴が開いているということは、万が一ヨットで落水したらそこから水が入り、溺《おぼ》れて死ぬということだ。もちろんプールで泳ぐなんてことはもう一生できない。帰宅して、血だらけになったバスマットを母が洗う。父は茫然《ぼうぜん》としていた。

父は、何かやっていないと気が狂う、とゴルフの打ちっぱなし、居合の素振り、マウンテンバイク、そしてヨットと精力的に動いていた。日記代わりのFacebookをまめにアップし、みんなにいいね、をもらって自分を鼓舞していた。「患者の会」といった同じ病気の人のオンライン座談会などにも出席し、気分を紛らわせていた。特にＩＳＰＡの活動には熱心だった。やはり、一番やりたかった仕事だったのだ。普及活動を熱心に語った。

五月二十九日、横浜ベイサイドマリーナ（三井のアウトレット）にてクルーザーヨットの体験セーリングがあります。二年間コロナ禍で中止となりましたが三年振りに実施予定です。安全対策はもとより、感染症対策も徹底して行います。興味のある方は下記 web サイトをご覧ください。

本来なら自分が船を操船し、ゲストを乗せたかったに違いない。ちょうど、その頃、カナダバンクーバー在住のＩＳＰＡ仲間が来日するためセーリングをしようとなった。そろそろこの夏、私たち四人の子供たちのカナダ行きを決めないといけない時期だった。仲間で話し合いが始まった。みんな本当はコーチ（父）と行きたかった。しかし、難しいこともわかっていた。父が、ボブさんに交渉をして、特別に私たち四人がディスキッパーという一つ上のクラスを取得できるプログラムを組んでもらうことになった。

しかし時代はコロナ禍。しかも未成年だけで出国をする。旅行会社に未成年の個人旅行は請け負えないと断られ、航空券からホテルまで、自力で手配をすることになった。特にカナダは未成年の入国が厳しく、戸籍謄本を翻訳したものや、両親の同意書など書類が多かった。また予防接種証明書や、カナダ入国のためのアライブキャンといったアプリのインストールなどなかなか準備がタフだった。エアーも本数が絞られているため予算を大幅に上回る金額となった。そこまでしてカナダに行っても、スキルが無いと、試験に合格ができない。事実、以前カナダまで行ったのに合格できなかったヨットマンもいると言う。菜々子はリスクが大きいと今回は断念することになった。私は父の気持ちも汲んで一人でも行くことにした。先にロサンゼルスの叔母のところに入国し、サマーキャンプに入ってから、叔母と共にカナダに入国すれば危機対応もできる。何しろこのときは帰国前七十二時間以内にＰＣＲ検査が必須で、もし陽性であれば帰国ができない。異国の地で取り残されるのはあまりにもリスクがある。タイガーとロッキーは遅れてカナダに入国し、ボブさんが受け入れ、帰国時は二人のママが迎えに行くことでなんとか手配が整った。

四月十四日の Facebook には私がセーリングしている写真を載せた父。

四月のセーリングの一枚。高一になってもなんとか船に乗ってくれる娘に感謝です。

今年の夏には子供たちを、カナダバンクーバーへの海のキャンプに参加させる予定です。昨年秋に取得したＩＳＰＡのコンピテントクルーのライセンス。夏の準備でＩＳＰＡのオンラインコースと共に実践の復習も始めなきゃですね。一つ上のライセンス獲得に向けて仲間と共にがんばろう。

父は自分は行けないものの、私たちをサポートしようと体力づくりに余念がなかった。ゴールデンウィークもヨット三昧。ゴルフの打ちっぱなしも打てる球数が増えてきた。居合の素振りも振れる回数が増えた。半年が経ち、転移もなく、元気な日々はずっと続くと思っていた。気持ちもだいぶ落ち着いていたのだろう。自分は食べられないのに、手術前によく作ってくれた鶏の甘酢炒めとバターライスを作ってくれた。

中間テスト期間に突入した娘にはガーリックバターライスとコーンポタージュスープを作りました。今の私には、未だ咀嚼《そしゃく》することができないので、お粥《かゆ》を主食としてスムージー的な料理。鳥とパプリカの甘酢炒めをハンドミキサーでとろとろに、もう一品はベーコンを小さく切って炒めてミネストローネスープにパルメザンチーズを振って。チューブで摂る食事から、こうして手間をかければスプーンで喉に流し込めるように少しずつ前進。喉の大きな手術から半年経ちました。毎日栄養剤も加えてタンパク質の量を落とさないように、カロリー計算しある程度動いても体重キープできています。身体のリハビリと共に摂食嚥下改善は気の遠くなる道ですが、前向きに取り組んでいきます。味はしっかりわかるので、美味しかった。

父の愛情がたまらなく嬉しかった。何より、流動食であっても同じものを味わえることは大きな喜びであった。

五月二十日。父は、先日の人間ドックでピロリ菌の疑いがあると言われ、胃カメラ検査となった。しかし、レティナがあるため、人間ドックの病院では、再検査ができないと言われたことを主治医に告げたとき、

「レティナがあっても、できるはずですがね」

大学病院を批判するような言動が気になったが、他に選択肢が無いと、この病院での再検査を依頼。転移を調べるのにもちょうど良い、と前向きに捉える父だった。

五月二十八日。父の仕事仲間が多摩川土手のゴルフコースなら気楽ではないかと、誘っ

てくれた。まだ口内コントロールが効かないので、つばを何度も吐きながらコースを回ったが、それでも達成感があった。

満を持してのゴルフ再開。会社のバディーに手引きカートを引いてもらいながら、ツーサムでの介助ラウンド。感謝！　ショートコースといえど侮るなかれ。多摩川を渡る風も強くとにかくグリーンが小さいので練習には最適ですね。スイングはというと、筋力なく身体が早く開くのですべてプッシュアウトしてポールは右に出ていましたが、なんとか九ホールを二周完歩して自己採点では上出来です。

五月二十九日。父は、自身は乗れなかったが、ＩＳＰＡの理事として誇りをもった投稿をした。

認定ＮＰＯ法人ＩＳＰＡジャパンのボランティア活動の報告（今や私のライフワークのひとつです）。コロナ禍で二年間中止となりましたが、満を持して、ヨットに乗ってクルージングの楽しさをほんの少しだけ体験できるイベント実施しました。横浜ベイサイドマリーナの遼艇五艇でＩＳＰＡインストラクター、オーナー&クルーが乗り込み、公募したゲストの方をそれぞれお乗せして「風との対話」を楽しんでもらいました。快晴で良い風が吹く中、主催している私たちも一緒に元気をもらえる良いイベントとなりました。

五月三十一日は、ＩＳＰＡのオンラインコースを案内。積極的に活動を再開した父。もうあとは回復するだけ、と信じていた。夏が近づき、気持ちも元気になってきた。
六月五日。私は卒業したジュニアヨットクラブにコーチとしてボランティアに行った。
その後、年に数回しか見ることができない小網代の森での蛍観賞があった。父も行く予定で、Facebookを投稿した。

小網代湾。都心から一時間、ゆったりとした静かなときが流れています。友人のヨットに乗せてもらい、夜は小網代の森へ、蛍を観に散策に行く予定です。

しかし、夕方になると、

「少し疲れている」

と断念。早く帰宅したほうがいいと思ったが、貴重な機会なので私と母だけで行った。天の川のごとく無数の蛍が飛び交う姿は壮観だった。以前、父と千葉の山で見た蛍の大群をはるかにしのぐ数だった。ファンタジーワールドのような感覚を覚えるほど幻想的な夜。父と一緒に見たかった。

「絶対、来年は行こうね」

心の底から父に言った。父は目を細めた。

六月十日。胃カメラの結果が出た。食道にも胃にも転移が無く、ピロリ菌もなかった。担当の医師は画像を見せながら、

「きれいですね」

と説明。父と母は転移もない、とほっとした。続いて、部長に会って定期検診。明るい気持ちで診察に入り、いつものように口の中をカメラで見てもらう。ふと先生が手を止めた。そして、内側と外側からぐりぐり触った。

「何かある」

父は背中が凍った。

「炎症だと思いますが、調べましょうね」

と細胞をえぐられた。

「再発か」

さっきの喜びからの暗転。「炎症だ」というのは慰めにしか過ぎない、そうよぎった。

先生が、

「念のためPETもやりましょう」

にハンマーで頭を殴られた気持ちになった。父は、二週間おきに病院に来るたび、先に退院したはずの人がまだ入院していることに気付き、やはり頭頸科は再発リスクが多いと常日ごろから怯《おび》えていた。

「炎症かもしれないし」

母の慰めは心に響かなかった。

やれることをやっておこう、と思ったのだろう。「トップガン　マーヴェリック」を観に行こうと父が言い出した。映画の時間はそこそこ長い。横で私がポップコーンを食べるのも申し訳ないし、二時間、口内コントロールができるのか？　私も母も心配だった。しかし、どうしても映画館で観たいと言う。今回話題になっていたのがアイスマンを演じるヴァル・キルマー。深刻な咽頭癌で声を失い、父と同じく気管を切開、咽頭に穴が開いていた。力強く演じる彼を大画面で観たいのでは、と父を尊重。比較的空いている夜の会で、観やすいが、席を立ちやすい場所を予約した。ヴァル・キルマーは父と全く同じ状況だった。気管切開をして、喉に機器を入れていた。またＡＩが、彼の失った声を再生していた。あまりにも父と状況が似ていたところに、ストーリーの中で、彼が亡くなるシーンがあり、胸が痛くなった。映画が終わったときは、父は疲れた様子だったが、

「ついに映画館で映画が観られた！」

という達成感もあった。だが、むせてしまうことを恐れて、長時間水分も摂らなかったため、イライラもしていた。帰り道の車内は緊張感があった。それでも父は、Facebookには前向きな投稿をした。

一作目から三十六年！　久しぶりに家族三人で二子玉川に映画を観に行きました。娘もちゃんと第一作をアマプラで観てからの鑑賞。このパンフを買ったくらいですから楽しんでおりました。エド・ハリスやヴァル・キルマーはそれなりに年齢を感じましたが、来年還暦のトム・クルーズは肉体的にも本当にすごい！　先日仲間内でトッ

プガンの話となり、一九八九年十二月このテーマ曲かけて東京〜グァムヨットレースの小網代沖のスタート海面を切っていったのを仲間が覚えておりました！　映画や音楽には、色々な思い出が宿っておりますね。

この頃の父の最大の闘いは誤嚥だった。転移には触れず、記録を残そうとしているのか、詳細な記載になってきた。

誤嚥との闘い！　泣き言ではなく日々の記録です。本日の夕食。麻婆豆腐、親子丼風おじや、野菜を大鍋で煮込んだスープ（ハンドミキサー）。進化はスプーンを使っていること。そしてタンパク質、ビタミン関連を大量に含んだ栄養剤。筋肉を戻したいので、頑張って食べているのですが、運動をするとカロリーは足りず栄養剤や、プロテインを飲んでなんとか体重をキープすること。水物は誤嚥して肺に入りやすいのでこれが闘いです。

舌根の80％を摘出して半年経過しましたが、医師の予想どおり舌はほぼ動かず、よって呑み込み能力がほとんど無くなったところから、日々の食事（飲み物）で喉を鍛えてきました。半年が経ち、チューブで喉の奥に流し込む方式から一歩進んでご覧のような長いスプーンでベロの奥のほうへ運んで丸呑みできるようになってきました。人様に見せられるような食べ方ではありませんが、少しずつ改善。

喉でも味覚はあるのでありがたいのですが、刺激物はむせるので麻婆豆腐も甘口です。舌下神経を切断しているので、残っている少しの筋肉量で舌が少しでも動いて咀嚼できるようになるかは数年かけていく戦いのようです。

六月二十一日は結婚記念日だった。

夏至の昨日、六月二十一日は二十八周年の結婚記念日でした。感謝を込めて、黄色いバラは披露宴での衣装の色を思い出して、買いました。三十周年にはアドリア海（クロアチア）の家族友人でのヨットクルーズを目指します。

母は心からお願いします、と何度も言っていた。笑顔を振りまいていたが真剣だった。

六月二十四日。ＰＥＴには反応が無かった。生検は疑陽性だと言う。陽性じゃない可能性はないのか。サブの先生に確認をしたが、転移と考えるのが妥当とはっきり言われた。画像を見ると三か所反応があるようだった。このとき、母が調べていた「免疫療法」の相談をした。高校生の生物でも習う癌と闘うＮＫ細胞を自分の血液で培養し体内に戻すことで知られる。しかし、先生は、

「新しい療法にはリスクもあるので、薦めません。当院以外の治療を受けた場合は、うちでは責任が持てなくなるので、うちでの治療が継続できません」

と優しい口調、でもはっきりと否定。治療をこっそりして、ばれてしまい、治療が継続できなくなるのは怖い、と父は諦めた。私は納得がいかなかった。病院にしてみれば正確な臨床データが取れなくなるだけのことであって、患者に多様な治療の選択権が無いのはおかしいのではないだろうか。

細胞を採られた。今回は何が何でも陽性箇所を探す目的だったのか、えぐられた。出血がひどかった。採られた右の首筋と左顎下に確かにしこりを感じた。覚悟を決めないといけない予感がした。

六月二十五日。平塚へ急遽《きゅうきょ》行くことになった。「ミスター・サマータイム」で有名な、コーラスグループのサーカス。我が家は家族ぐるみのお付き合い。リーダーの叶高さんの

奥様、厚子さんも癌の再発がわかり、平塚で経営していたミュージックカフェをこの日で閉めるという。お世話になったお礼と、互いを励まし合うために会いに行った。厚子さんはいつものように太陽のような笑顔。

「癌と闘うために、自分が元気なうちに綺麗に片付けしたいから」と痩せた身体で力こぶを見せてくれた。「覚悟」を感じた。「元気になったらまたやればいい、とか中途半端なことは考えていない」という姿勢が潔かった。みんなでハグをして、お店「カナフ」にお礼を伝えた。厚子さんのお料理はいつも美味しかった。たくさんの思い出があった。癌がたくさんの人の人生を変えていく。こみあげてくるものが止まらなかった。

二〇一二年四月オープン以来家族で何度も通わせて頂いた平塚のライブハウスKanafu(カナフ)。十年の時を経て本日でクローズされるとのことで、リハーサル現場に乱入して感謝のご挨拶! サーカスのメンバー、そして叶さんファミリーには、今までもたくさんのパワーをいただきました。ありがとうございました。

お互いがお互いに「生きよう」と伝えている投稿だった。
ようやく誤嚥を克服してきたときなのに、本当に再発なのだろうか。葛藤があった。食べ物をより工夫をするようになった父。
ゲノム検査がようやく終わり、遺伝性でないことがわかった。父は私のことをおもんぱかり、自分の結果をよそに安堵していた。私は喜んでいる父を見て切なくなった。

六月三十日。

本当に暑いので、さっぱりする今日のご飯。この半年以上生の野菜や果物を食していないので、ＮＨＫの、あさイチで紹介された、ブロッコリースプラウトにバナナ＆ブルーベリーとミルクで、ハンドミキサーでスムージー作ってみました。意外と美味しく飲めます。生野菜の酵素は良いですね。そして普通より茹で過ぎにして柔らかくした日本蕎麦《そば》。ある程度まとまり、呑み込みやすくするつなぎとしてとろろ芋、めかぶ、温泉卵、天かすをふやかしたものを混ぜ合わせて食べます……もちろん蕎麦はハサミでチョキチョキ切ってスプーンに収まるサイズで喉の奥に流し込み丸呑み！　蕎麦は喉越しで食べると言いますがまさにその感触ですね。タンパク質はおぼろ豆腐に豆乳をたっぷり、だしをかけて食べます。食も創意工夫で少しずつ広げていきます。

知らない人が読んだら、父は順調に回復していると思うだろう。

七月八日。やはり、期待が裏切られ、三か所陽性が見つかった。父は、

「こうやって朽ち果てていくんだ」

とうなだれた。母は、叱咤《しった》した。七月九日の Facebook が痛々しい。


夕方になって心地よい風吹いています！　参院選期日前投票も済ませて、夕方散歩中。

この一か月いろいろありましたが、悩まず前に進むしかないですね。気持ちの切り替えには適度な運動が一番、フレッシュエアーをたくさん吸います。

父は、再発の可能性がある、とわかったときから、カナダへの出国が決まった三人をトレーニングしたいと言い出した。必死で日程を合わせる私たち。期末試験を終えた最初の日曜にマリーナに集合した。昨年教わった内容を確認、実践。手術以来、コーチ（父）に

久しぶりに会ったタイガーとロッキーは、コーチの声が出にくいことも気にせず、トレーニングに集中した。酔い止めをしっかり飲み、気迫があった。コーチの思いを全身で受け止める二人。

七月十日の投稿。

洋上でのサマーキャンプ。この高校一年生の三名で、八月頭からカナダバンクーバーでのＩＳＰＡヤングマリーナプログラムに参加します。昨年夏の浦賀での講習以来ですが本日は晴天の中、横浜にてロープワークから操船までおさらいの予備練習をしました。このプログラム当初は私がインストラクターとして引率予定でしたが、体調により叶わず、カナダにおられるボブ仙道 ＩＳＰＡ ＣＥＯに直接指導していただきます。ほんとうに貴重な機会であり、七日間のヨットでの生活は一生の宝物になると思います。親としては、実は娘のことが心配ですが、頼もしいボーイズが最高のチームですし、可愛い子には旅をさせろの精神で送り出します。カナダでファンクルーズを楽しんできてください！

口内コントロールが厳しい中、コーチは、まさに全身全霊で私たちに指導をしてくれた。七月十五日。手術をするための検査。二十四日にＰＣＲ検査を受け、二十五日に入院、二十六日手術が決まった。恐怖を払拭しようとする日々。

七月十七日。

おはようございます。久しぶりに晴れ間が覗き、屋上で竹刀《しない》振りを終えたら、虹が現れました！　美味しい空気をいっぱい吸い込んで今日も一日スタートです。

思い残すことがないように、手術前のセーリングを仲間と楽しんだ。

七月十八日。

この夏最後のセーリング。アイジーバンデメンバー全員集合にて、軽く走ってから、島田シェフの美味しい料理をいただきました。青空が広く、皆の笑顔がとても素敵な楽しい一日でした。おりしも、娘は今週末からロスのサマースクール、そしてカナダでのクルージング教室に一人で旅立ちます。私は来週頭から入院し、二回目の手術を受けるのでしばらく海はお休みになります。メンバー全員で、私と娘を激励していただき、思い出に残る心から感謝の一日でありました。

七月十九日。病院から「個室が取れない」と連絡があった。父は、前回の入院で隣り合わせた患者さんの度重なるナースコールや、吐き続ける音などで睡眠不足となり、体調を崩した。ただでさえ眠れない体質の上に、心配が重なるとさらに眠れない、と個室を交渉した。

七月二十三日。私の出国日。初めての一人海外旅となる。翌日から入院の父は、コロナ罹患リスクを避けて、人混みの成田空港へは行けない、と言っていた。しかし、

「あきのをしっかり見送りたい」

と空港まで来てくれた。奥野さん夫妻も同行してくださった。空港で最後の荷物チェック後、時間があったので一休みすることになった。みんながコーヒーを頼んだが、父は飲めないと自分の持参した水を飲んでいた。父が来てくれたことは嬉しかったが、無理をさせていないか、申し訳ない気持ちもあった。

「しっかりやってこい」

背中をぽんぽん、とされた。その手がいつもより温かく重かった。ハグをした。涙が止まらなかった。一人旅も不安だったが、手術のときに日本にいてあげられない自分への葛藤もあった。父のためにも、絶対合格しなければならない。プレッシャーもあった。初めてのカナダ。初めて会う創始者ボブさん。不安だらけだった。父がガラス越しに、私がエスカレーターを降りるところ、最後の最後まで静かにじっと見守っていてくれた。目が「がんばれ」と言っているのが伝わった。私も目で「パパ、頑張って」と返した。この日の父のFacebook。

朝一家族三人で、地元の鎮守様へ娘の渡航と私の安全祈願に！　昼から成田空港へ見送りに、結構混んでおりました。娘は初めての一人旅、ロス~バンクーバーの三週間。ＡＮＡのサポートのお姉さんに出国引率をお願いしてバイバイ。ロスの空マリーナで私の妹が迎えてくれるのでヘタレでも安心です。帰りはママの運転にて夕陽を正面に浴びながら、助手席から病院もパチリ！　この夏それぞれがチャレンジの座間ファミリーです。

決意の見送りだった。

七月二十四日、ＰＣＲ。二十五日、入院。二十六日、手術。今回は六時間ほどで手術が終わった。前回のように部長に呼び出され、摘出した三か所の癌を見せられた。

「三か所取れました。明らかな転移は見つかっていません」

「これからも転移は見つかる度に、手術をするんですか」

率直に母が聞いた。部長は間をおいて、

「非常に制御が難しい癌です。手術は通常、前回の一回で終わりなんです。切った場所に癒着もあるので、二回目以降は難しい。ただ、今回は取れる癌だったので手術をお薦めしました。これ以降はありません」

母は早く聞いておけば良かったと後悔した。制御が難しいということはこれからも転移が増え続けることを先生は予測していたのだ。手術が終わり、手術室からストレッチャーで運ばれていく父。意識が無いはずだが、右目からすーっと涙が落ちたのを見た。母は、

「本当に手術してよかったのか」

胸の奥で冷たくざわざわしたものが動いた。二十七日には、「元気にしています」と自撮り写真をＬＩＮＥしてきたが、前回以上にガーゼで患部を押さえられていく様子に胸が

痛んだ。自分は海外で楽しくやっていていいのだろうか。葛藤した。前回以上に喉の回復が遅れた。父は笑顔の写真しか送ってこなかったが、心は焦っていた。

七月三十日、母の誕生日。病室から投稿。

Happy happy birthday to Yuki. ＦＢのＡＩが上げてきた懐かしい写真ばかり、退院してリカバリーしたら、また行きましょう！

私の七五三や友達とのキャンプ、叔母の住むロサンゼルスでの家族写真。ＡＩは涙をそそる写真ばかり選んでいた。翌日の投稿が生生しい。

ちと迷ったのですが、ＦＢは私の日記代わりとなっているので、この部屋からの投稿です。予告どおり月曜日入院、火曜日に二度目の手術を終え、術後五日目となりました。くびに二本のドレインと鼻からの胃管と手首の点滴四本の管はそのままですが、尿管が抜けたので、点滴台を引きながらフロア内を歩いています。主治医チームと管理栄養士さん、そして看護師スタッフチームは本当にプロフェッショナルで、しかも前回から顔見知りなので安心。気管チューブが抜けないのでまだ声は出せませんが、筆談と阿吽《あうん》の呼吸でお世話して頂き感謝感謝。前回通った道とはいえ、七か月のリハビリを経て機能をだいぶ戻してきたので、ここでまたZEROリセットとなるのはかなりしんどいですが、家族に支えてもらい、そして友人には多大なる応援を頂いているので、ポジティブにマインドコントロールできています。老いること、そして病との闘い、併存、生きるためにはやり切るしかないので前を向いて進んでいきます。

そんな父を応援するためか、八月二日、空に大きな虹がかかった。虹よ、父の病気を治してくれ。なんで父はこんなに苦しまなければならないのか。

そして、その頃、私は洋上だった。31フィートのヨットの中で一週間、ボブさん、インストラクターのキース、ボブさんの妹の久子さん、お子さんのスカイちゃん、タイガーとロッキーと私。ヨットで暮らしながらガルフストリーム（メキシコ湾流）を移動していくトレーニング。初めての船、初めての海、初めての環境。行動が遅い私は、みんなの足を引っ張った。潮は強く、風が吹いた。船は私が苦手な縦揺れを繰り返し、船酔いこそしなかったが事故が起きないか不安になるほどの揺れを経験した。父からもディスキッパーとは、いわば船長に匹敵する資格、安易に取れると思うな、と釘《くぎ》を刺されていた。四月二十三日知床半島で観光船カズワンが沈没し、二十人が死亡、六人が行方不明となった事故が記憶に新しい。船長は命を預かる責任がある。簡単にはサティフィケイトはもらえない。バンクーバーアイランドの島から島へガルフストリーム内を移動しながらのセーリング。海況が異なり、島の陰に入ると微妙に風向きが変わるため、セールの調整も次々と要求される。浅瀬もあり、キールがひっかかると座礁《ざしょう》する。ナビゲーションを間違うと命取りになる。タイガーとロッキーは必死でトレーニングマニュアルを読み込み、実践し、質問もする。動きがダイナミックで、ボブさんの信頼も厚かった。一方私は、すぐびびってしまい、セールもうまくハンドルできず、タイミングも遅く、いつもは穏やかなタイガーが少しイライラするのを感じていた。私のせいで二人が資格を取得できなかったらどうしよう。焦ると余計に委縮した。それを感じたのか久子さんが、

「船では手分けしてできる人ができることをやればいいのよ」

とみんなの食事を私がメインで作ったようにうまく誘導してくれた。まだ十歳のスカイちゃんはセーリングに慣れており、さりげなく私をかばってくれた。何日もシャワーを浴びられず身体は潮だらけ。タイガーはキャビンで寝ていて椅子から落ちても起きないくら

い疲れていた。船が浸水した朝があった。マリーナで久子さんがおむつを大量に買ってきた。なぜ、おむつ、と思ったが、バケツで組みだすより早いとおむつに水を吸わせて捨てた。ヨットマンの知恵に感嘆した。コインシャワーがある港だった。何日ぶりのシャワーだろう。しかし、三分しかお湯が出ない。先にシャンプー、石鹸《せっけん》を体につけておいて、二カナダドルコインを入れる。ワーッと流して丁度三分。さっぱりしたのか、しないのか。とても高一女子高生の生活じゃなかった。最後の日はホームポートに帰るために、三人だけで操船する。素早い二人の足を引っ張らないよう必死で動いた。

着岸して、ボブさんが、

「三人とも合格だ」

と言ってくださったとき、私はへたりこんだ。本当に腰が抜けた。

「ただし、これからも練習をする、という条件付き」

とボブさんが笑った。タイガーが、冗談っぽく、

「あきのももらえるかよ」

と言った。ロッキーが笑いながらタイガーと私の肩を組んでくれた。ボブさんが私に向かって、

「ヨットはスキルだけじゃない。好き、楽しむ、ってことが一番」

その目に「父のために」が込められているのを受け取った。早速父に連絡した。父が一番待ち望んでいた報告だ。全員でＩＳＰＡのＴシャツを着てヨット前で撮った写真を送った。父の投稿に嬉しさがにじむ。

カナダバンクーバーからの報告。闘病治癒中の私の病室に送られてくる、娘からのわずかな写真をもとに投稿しております。ＩＳＰＡのヤングマリーナプログラム（若者向けシーマンシップ教育トレーニング）昨年から二年越しの企画にて私の娘も含めて三人の生徒がバンクーバーからガルフ諸島を巡る七日間のクルージングを行い、インストラクターボブ、Keith&Hisakoの豪華指導陣のもと昨日無事に終了しました。オーダーメイドではない旅、大自然の中で、限定されたヨットという船内での暮らし、自分たちで考え地球環境の大切さを体感しつつチームワークで船を動かし生活していく。十五、十六歳という多感な時期ですから、生涯に残る貴重な経験になったことと思います。カナダ、北米の国家ライセンス（小型船舶免許）として通用する、ＩＳＰＡディスキッパーも三人とも合格取得しました。これからも練習を続けるという条件付きですが、まずはおめでとう！
私を励ます意味でも、最初は嫌々、直前は泣きながらも参加した親孝行な娘のためにも、私もなんとか復活してこの生徒たちをさらに育てていきたいと思います。カナダのすべてのスタッフの方々、ボーイズチームのお母様方、そして私の妹、敦子の現地サポートがなければ実施できませんでした。おりしもコロナ禍爆発的な環境の中、海外渡航はいろいろと綱渡りで実行できたのは奇跡にて、感謝の夏となりました。

私ができる父への最大のエール。叶って私も嬉しかった。だが、一方で父の回復は遅れていた。

八月十四日。

経過記録（自己記録なのでスルーしてください）。手術後十八日が過ぎ、切開した部分は順調な経過なれど、今回二回目で舌の筋肉をさらに切除したことによる嚥下障害が明らかになってきた。そもそも舌はほとんど動かず、残る二十パーセントの舌根の筋肉を鍛え、口の中に挿入するアタッチメントを装着した七か月間の口腔リハビリの成果で、口から喉に送り込み、呑み込むときの嚥下圧を獲得して先に報告のとおり蕎麦やミキサー食を食べておりました。実のところ、再発転移して、これがまたZEROリセットするのかと落ち込みましたが、前を向いての入院という経緯。

今回も優秀な医師団による手術は成功して二週間経ち、舌全体のむくみがだいぶ治まってきたため、金曜日にX線撮影室でバリウムを入れたゼリーや水を呑み込み気管に誤嚥せずきちんと食道に入るかという投影検査をしました。自分の喉や食道がモニターで見えているので恐ろしいですが、結果はギリギリ合格しました。これにて、次の段階、粘度を調整したサラサラ食が明日から始まりここからが本番のリハビリとなります。そもそもギリギリの呑み込み状態からの手術にて、マイナスからのスタートなので、焦って誤嚥性肺炎になると深刻なことになります。

自己評価指標　健常時を100として事前→事後

呑み込み　60%→10%

発声言語　75%→8%

味覚　85%→まだ口に入れてないので未定

声がかすれていてほとんど出ないのも大きなストレスですが、これも少しずつ回復するると信じて。食べること、話すことは今まで当たり前のことでしたから、これがダメなのはこれからの人生の大きな試練ですが、できなくなったことを羨んでも戻らないし、世の中にはいろいろな障害を抱えてポジティブに共存している方もたくさんいるので、なんとか自分なりにスマートにアジャストしていく事を見つけます。

生存するために必要な栄養カロリーを口から摂れてくるとこの鼻からの胃管チューブが抜けて、退院が見えてきますが、まだまだ先は見えませんね。台風一過で、これからも八月は猛暑予想ですので、ここはじっくりどんと構えて引き続き闘っていきます。皆さまもお身体ご自愛くださいませ。

この頃父は、Facebookに書き込み、友達から応援メッセージを受け取ることで自分の精神状態を保っていた。一日に二回投稿することもあった。心配した船のクルーが父の船のメンテナンスに行った。そして父が気に入っていた海賊旗と家族のシンボルの亀が三匹いる旗を高々と上げた写真を送ってきてくれた。お見舞いに来られないクルーたちからの精一杯の応援だった。父は喜んだ。二枚の旗は、青い空に力強くたなびいていた。

だが、思った以上の回復の遅れに、本当に手術は必要だったのか、母は葛藤していた。

父も同じ気持ちだったと思う。私は、帰国前七十二時間のPCRをクリアして帰国することができた。すぐ父に会いに行きたかったが、ガラス越しでも万が一コロナの潜伏期間だといけない、としばらく父のところに行くことは叶わなかった。ようやく九月四日、母の代わりに洗濯物を届けることができた。父の投稿から喜びが伝わる。

娘が、昨日のGAGAさまのコンサートで買ったTシャツを着て洗濯物を届けに来てくれました。コロナ対策にて面会は完全禁止なのですが、病棟階のエレベーターホールで会話なし荷物の受け渡しのみ許されております。単独海外へ行くのと入院はほぼ同時でしたからひと月半ぶりに元気な姿を確認。ママは一階で待機お疲れさまです。これは夕食ですが、呑み込み訓練毎日三食進んでおり、今日も完食！ 明日から栄養剤を口から飲むことを本格化させて、胃管チューブ抜くのが次の目標です。看護師と必要カロリー計算をしつつ、体重キープが絶対条件、前進します。

手術から四十三日。やっと胃管チューブが外れた。顔がちゃんと洗えると喜ぶ父。しかし、取った以外の左顎にしこりを感じるという。先生に訴えたが、

「炎症だと思います」

と言われた。前回も「炎症かもしれません」と言われた箇所が癌だったことを思い出した。先生は特に検査をしなかった。そして退院。これは、もう転移が始まっており、制御ができないからさようなら、ということなのか。であれば、なぜ、手術をしたのか。またゼロからリハビリするくらいなら、手術を止めて、せっかく戻した機能を保っていたほうがよかったのではないか。だが切らなかったらもっと悪くなっていたのか。ネットで調べても欲しい情報が無かった。

九月八日、九十六歳でエリザベス女王が逝去。人が亡くなるニュースは観たくなかった。

そして、九月十日の父の投稿。


二〇二二年の夏はskip!　本日帰宅しました！　当初の予定より三倍の日数の入院となり少し落ち込んでおりましたが、友人からこの夏は殺人的に暑いから、病院は避暑地にいるくらいのつもりでと励まされ、そのとおりになりました。さて、すっかり秋めいていますね。四十七日ぶりの屋上から、雲と太陽の織りなす夕景、これは馬それとも怪獣が火を吹く図？

ベランダで空を見上げて、
「やっぱり家がいい。空気がおいしい」
と書く父。入院前、聞き取りにくいものの、ようやくなんとか会話が成り立つようにまでなっていたのに、筆談生活に戻ってしまった。退院をお祝いして、再び、船の仲間が父の好きな旗をヨットから揚げてくれた。その写真を感慨深く見ている背中がさみしい。仲間の気持ちは嬉しいが、本当は、海に一番行きたいのは父だった。

本日の横浜ベイサイドは18ノットの良い風で、クルーの揚げてくれた艇の fighting flag も元気にはためいております。皆さま、たくさんの応援と励ましのメッセージをありがとうございました。私にとって、退院はあくまで通過点であり、明日から自宅を拠点に戻して、引き続きリハビリ生活スタートです。

明るい文章とは裏腹に実際の父は、いら立っていた。必死のリハビリで、せっかく取り戻しかけていた会話機能を全く失った喪失感。空気が喉から抜けるかのように、声が音にならない。しゃべろうとしても空気がすかすか言うだけだ。父は焦った。筆談しかなく、人を呼ぶにも鯉《こい》を呼ぶかのように手を叩《たた》くか、インターホンしかない。父は、帰宅後、身辺整理を始めた。家のWi-Fiを組みなおし、ちょうど十五年経過した家の修繕を手配した。部屋にいても楽しめる環境づくりも整えた。

家族のスマホ、パソコン、プリンターはさくさく動くし、遅ればせながら見れるようになったBS4Kの映像は本当に綺麗で感動です。BS/CS Netflix Amazon prime Huluと完全に引き篭もりですね。

自身の記録なのか、Facebookの内容が細かくなっていった。早く体力を戻したいと、入院前に通っていた階段昇降を始めた。以前三往復していた階段を、なんとか二往復できてよかった、と言った。しかし、また体重が落ちており、吐きながらプロテインを必死に飲む姿がなんとも痛々しかった。

九月二十八日は私の誕生日。昨年は手術前で糖質制限をしており、母が気を遣って用意した料理が気に入らなかったらしく、ひどく機嫌が悪かった。だが、今年は食べるものがなくてもにこにこしていた。

「家族でお祝いができるのが嬉しい」

と母が作った料理を流動食にして楽しんでくれた。奥野さんご夫妻も来てくださった。誕生日ケーキのろうそくを吹き消すとき、

「パパが元気でいられますように」

と全身全霊で祈った。父と一緒にいられることが最高の誕生日プレゼントだった。

父は、体力づくりに余念がなかった。マウンテンバイクを直し、少しずつ距離を伸ばしていた。

十月七日、退院後の検診。この日は冬のように寒い雨だった。いつものように、口内チェック。部長がルーティンの問診をする。口の中に違和感があることを伝えると、退院して一か月経ったので念のためCTを撮ろうと提案された。なんとなく嫌な空気があった。いつものそらぞらしい、

「炎症かもしれませんね」

はもう信用していなかった。前回もそうやって表面的に答えて、実際は癌だった。マニュアルでその場で面倒にならないように言っているだけなのだろう。無駄だとわかっていても気功やマッサージなど民間療法で気を紛らわす父。体力づくりか、気を紛らわせるた

めか、必死で竹刀を振った。

十月十八日。CT画像を見せられた父と母は息を飲んだ。そこに写っていたのは、全身に散らばった無数の癌。最後に見たX線画像には、首から下には何もなかったはずなのに。

「多発的転移です」

あっさりと説明する部長。粘表皮癌は進行が遅いと聞いていたのに、前回見たX線画像とあまりにも違いすぎる。あたかも水の入った風船を高いところから地面にたたき落としたかのように、大小無数の癌が至る所に飛び散っていた。母は他の人のX線画像を見ているのではないかと何度も映像の画面を確認した。言葉が出なかった。

「ここにきて、癌が性質を変えたかもしれません」

と、淡々と言う部長。

「もう手術はできないので、放射線科に相談してみましょう」

さらりと言う部長に、すかさず聞く母。

「粘表皮癌は放射線は効かないとおっしゃっていましたよね」

しかし、数パーセントでも効かないわけではない、それ以外手がないと診察を回されてしまった。だったら、なぜ、最初の手術後に放射線をやらなかった？　数パーセントでも効くならやるべきだったのでは？　患者に打つ手はない、と言えないから形式的に科をたらいまわしにするだけなのか？

父はパニックに陥っていた。私はかける言葉が無く、普通に接しようと努めた。どうやったら元気づけられるのだろう。そして父はどうなってしまうんだろう。そんなとき、父を喜ばせるニュースが入ってきた。

速報！　二〇二三年の箱根駅伝に五十五年ぶりに立教大学のRゼッケンが復活します！

今予選会が終わりなんと六位で通過、TV観ていて興奮しました！　私も陰ながら立教学院の記念事業に、少し関わる中でこの箱根駅伝復活は大きなプロジェクトでした。ほんとうに嬉しい立教健児の活躍今から楽しみです。

「これだ！」

私は思った。

「箱根駅伝を一緒に応援しよう！」

父に声をかけた。私の通う青山学院は毎年優勝候補。私は毎年、緑のジャージを着て、応援する。今年は盛り上がるぞ、とわくわくした。

「そこまで生きなきゃね」

と言う父。私は笑い飛ばしたが、本当は誰よりも泣きたかった。そんなこと言わないで。そんなこと考えたくもない。

十月十八日に放射線科を訪ねた。先生は誠実だった。粘表皮癌に効果がないわけではないが、極めて効きづらいこと。抗がん剤は身体への負担も大きいこと。やみくもに治療を薦めず、デメリットについて真摯に正直に教えてくれた。父と母は話し合い、体に負担をかける治療は辞めようと決めた。それを部長に言いにいくと、

「じゃあ、緩和ケアに行くしかないですね。緩和ケアを予約しましょう」

と機械的。父が洗面所に席を外したとき、母がカルテを覗き込んだ。そこに余命「半年から一年」とあった。説明しない部長に憤りを覚えながら、素知らぬ顔で母は余命を聞いた。部長は答えた上で、泣き出す母に向かって、

「私は何十年も症例を見てきました。残念ながら、奇跡は起きないんです」

母は録音しておけば良かったと思ったくらい、その物言いに驚愕《きょうがく》した。つい数か月前に

「人生百年時代です、がんばりましょう」

と言った口から、それはないだろうと。余命がわかった患者に追い打ちをかけなくてもいいだろう。しかも二回目の退院時には転移はわかっていたはず。いや、もうそれ以前から今後の展開はわかっていたはず。これがわかっていたら、機能をリセットしてしまい、父のQOLをマイナスにしてしまった二回目の手術は受けさせるべきではなかったのではないか。事前にもっと予測を教えて欲しかった。免疫療法も勝手にやっておけばよかった、と様々な思いが交錯した。そして、あれだけセカンドオピニオンを聞いたと思ったのに、情報力が足りなかったと自戒の念に苛まれた。後悔ばかりが溢れかえる。

どうせ治療がないならと、止められた免疫治療のクリニックをそのまま訪問した。これもどこまで効くかわからない。でも他に治療がないなら、少しでも可能性に賭けたい。免疫療法の先生は、仕組みやリスクについて説明を丁寧にしてくださった。採血をし、三週間後に培養されたNK細胞を身体に戻す。最後の望みとなった。

父は、愛用していた刀を手放す、と言い出した。もう自分の体力では刀を振ることができないと、最後に母に撮影をお願いした。刀鍛冶になりたかったほど、刀が好きな父。何十年もの間、大切にしていた刀を売るなんて、と母は涙が止まらなかった。

父は、「年明けて生きていたら、少し軽いものを買う」と決めていた。ヨットももう行けなくなるかもしれない、父の気持ちを汲み取って家族で海へ出かけた。

十月二十二日。

スルスルと一気に加速して対水スピード9・8ノット、今シーズン最高の艇速をマークし久しぶりにアドレナリン出ました！　四か月ぶりに海に出ました！　実は、病気も一気に進行しているのと、身体もしんどいので、悩んだのですが思いきって来て本当に良かった。『よく来たね！』と、天から久しぶりにご褒美をいただいた、二時間のセーリングでした。家族や海の仲間たちに支えられ、これからも貴重な時を重ねていきたいと思いました。入院中に船をメンテナンスしてくれていた仲間に改めて感謝の日でもありました。ありがとう。

まさか、これが家族の最後のセーリングになるとは思ってもいなかった。免疫が培養されるまで三週間かかる。その間、じっとしていられずそのクリニックでビタミン治療や水素治療を受ける。何がどこまで効果があるかわからないが、頼るものがない。ここが癌治療の難しいところだ。本当に効くのかもしれない。だが、癌患者につけこんだ療法も多い気がしてならない。

　そんな折、ロッキーのママが信頼できる医師と最先端の免疫療法を紹介したい、と連絡してきてくれた。もう免疫療法を始めているから、と断ろうと思ったが、話を聞いたほうがいいと強く言う。会って話を伺うと、技術が最先端で、血液を培養するラボがクリニック内に併設されていた。先日から始めた免疫療法のクリニックは、ラボが熊本県にあるため、輸送のリスクが伴った。移送は陸路。事故がある可能性もある。噴火による災害リスクもある。培養した血液はラボを出てから一日以内に体内に戻さないと効果が無い。つまり、輸送遅れは、培養した血液が無駄になるリスクがあった。ラボが併設されているクリニックは、新鮮な血液でコントロールできる安心感があった。このクリニックを紹介してくださったのは、自身もクリニックを経営、かつ乳癌の手術の腕が秀でていると有名な永峯先生という女医さんだった。知識と経験が豊富で、自信に満ち溢れ、厳しいことも含めて、正直にデメリットも話してくださる。前のクリニックの先生も穏やかで良かったが、血液の輸送リスクが否めないうえに、ここまでメリットデメリットをわかりやすく説明はしてくれなかった。すでに培養している血液については投与し、二回目以降はこちらのラボに切り替えることにした。

十月二十八日、一人で行けると父は新しいラボの採血に向かった。母が頻繁に会社を休むことに遠慮をしたのだろう。しかし、検査用、培養用と、予想より多くの採血があった。これは、当時の父の体力以上の採血だった。帰宅後から「気分が悪い」と横になる父。治療のために具合が悪くなるのは本末転倒ではないか。私は、気が気ではなかった。

「時間の猶予が無い」

と、母は、ロサンゼルスに住んでいる父の唯一の肉親、父の妹になるべく早く会いに来てほしいと連絡していた。

十月二十九日、父の妹、アコさん来日。父は嬉しそうだった。前日の採血で少しふらふらする、と言いながら、せっかくだからとアコさんをセーリングに連れていくと言い出した。奥野さんが運転してくださると言う。私は申し込んでいた東大メタバース工学部の「起業講座」の開催日で、同行を断念せざるを得なかった。

「兄妹セーリングを楽しんで」

と母と送り出した。この日の父の投稿。ここ最近の最高の笑顔だった。一緒に行けなかったことをこれほど後悔したことはない。

カリフォルニアのサンタモニカの北に位置するマリブに住む妹、敦子が来日しました。数年前アメリカ国籍になったのでコロナの影響もあり三年半振りの日本です。大昔は船にすぐに酔っていたのに、今はヨガの先生をやって鍛えているせいか、今日は全く問題なしで、舵取りもしました。私は、揺れる船上にて諸々 GoPro 映像を撮ったので疲れてヘロヘロ体力はなしなしですね。帰りも丈さんの車で完全に寝落ちして家まで送っていただきました。動画はゆっくり編集して YouTube にUPします。秋の日の気持ち良い二時間ほどのセーリングでした。

今から思えば、なぜこのとき行かなかったのだろう。母も言わないが後悔しているのがわかる。これが父にとって「最後の」セーリングとなった。アコさんが来日中の父は本当に笑顔が絶えなかった。私たちだけだと煮詰まっていたのだろう。どの写真にもきらきらと歯が見える笑顔が溢れている。アコさんとサイクリング、アコさんと神社、アコさんと散歩。しかし、体力は少しずつ落ちていた。

コロナ禍を経て、父のリモートワークが多くなったとき、私は自分の部屋を父に貸していた。しかし病気になり、悪化してきた昨今、父が過ごしやすいようにと私は自分の部屋を父に譲った。もともとリビングで勉強。自分の手術のあとは、夜中に急変した場合に備えて、と両親の寝室に寝ていたこともあり、抵抗はなかった。私の私物を全部部屋から出した。大切に貼っていたジャスティン・ビーバーのポスターもはがした。カーテンも父の好みの色に変えた。

「本当に部屋が無くなっても大丈夫？」

と母に再確認されたが、私は父が喜んでくれるほうが嬉しかった。亡き祖母が部屋にフィットするよう買ってくれたシステムベッド。高いベッドに梯子で登り、下に本段を置くデザインが気に入っていた。父の介護ベッドと入れ替えにさようなら、するのは少し寂しかった。

父のFacebook投稿は増えるばかりだった。投稿にいいね、を押していただくことで「今日、自分が生きている」実感を噛みしめているかのようだった。「溺れる者は藁をもつかむ」かのように、神社にもよく足を運ぶようになった。全国の友達からもたくさんのお守りが届いており、壁に全部飾っていた。

「神様同士はけんかしないのかな」

不安になるほどの量だった。父は、

「日本は八百万《やおよろず》の神だから大丈夫」

と笑った。それよりみんなの気持ちが嬉しかったのだと思う。私も神様はわかってくれると思った。

十一月七日の投稿はまさにそれ。

本日は縁起の良い天赦日とのことで、地元の鎮守様へお参り。おみくじ引くと、吉にて、『病気はおもわずはやくなおる』？ 俄に信じがたいですが、信じるものは救われるの精神で運気を上げていきたいものです。妹のために初めてコミュニティサイクル借りました。一度Ｗｅｂ登録すれば、使用システムは簡単、ただ重たい自転車で、我が家近くの山坂にはややパワー不足だったようです。今日はまた午後から点滴治療に行きます！

高濃度ビタミンC点滴と水素を吸って抗酸化対策、免疫力を少しでも高めたい、と培養された血液を待つ間、父はクリニックに通った。七日は皆既月食。幻想的に赤く見える月にぼんやり思いを馳せてしまう。私は月にも祈ってしまうようになっていた。

一眼レフでもトライしましたが、うまくいかず。これはiPhoneにて。zoom MAXで画面をタップ、太陽マークを下にスクロールすると暗くなって輪郭見えます。皆既月食中ですが、なんか赤くて火星のようですね。

父が撮影した月は幻想的だった。

「まだ、会社に行く力がある」

と時折、車で出社する父。翌日は少し顔を出していた。出社しても周囲が気を遣うだけなのでは、と危惧する私。でも父がいいようにさせてあげるのが一番の幸せかもしれない、と何も言えなかった。

アコさんが帰国する前に、お墓参りに行くことになった。父が元気なときは、道が混むので早朝から出かけていたのだが、食事が摂れない父は、あらかじめ流動食を用意しておかなければいけない。朝起きてから口内洗浄、レティナ洗浄がある。もともと睡眠障害がある父は睡眠薬を飲まないと眠れないため、八時にしか起きられない。そこから準備をしてやっと出発できたのが十時を過ぎた。いつもであれば一時間ちょっとで行ける距離。しかし、想定以上の大混雑。なんと片道二時間半もかかってしまった。運転の母も疲れただろうが、父の疲労もマックスだった。墓前で手を合わせるのもそこそこに帰宅したい、となった。

去年は、三人で鉄板焼きに行ったな、アコさんも思い出の場所だから一緒に行きたかったな。口には出せなかった。いつもは偶然同じ場所にお墓がある、海の仲間、會田さんの墓前にも寄るのだが、車から会釈で終わらせてしまった。精一杯元気を装う父の投稿。

秋晴れの中、八王子のお墓参り！　往路の中央高速は紅葉の交通集中と事故が重なり渋滞激しく、いつもの倍の二時間半もかかりました！　ドライバーのママおつかれさまでした！

十一月十四日。二週間滞在してくれたアコさんが帰国。家がさみしくなった。

今日は、一気に温度が下がりましたね。二週間我が家に滞在した妹も、朝ロスに旅立ちました。家族四人で過ごした、良いひとときでありました。さて、そして最後の望みを託す治療スタートです。寄り添って支えてくれている妻に感謝しつつ、しっかり進んでいきます。

父も寂しそうだった。

そして、初めての免疫療法へ。クリニックに行くと、NK細胞培養が上手くいったと点滴が開始された。これに望みを繋ぐしかなかった。点滴後、副反応で熱が出る場合がある、と説明された。NK細胞が癌細胞を攻撃する過程とも説明された。夜、熱が出た。心配で院長に電話をするが、想定どおりの反応という言葉を信じた。

翌、十五日、夜、トイレに行った。何か激しい胃痛があった。胃の中で爆発したような痛み。激しい貧血。熱も上がり、37・7度になった。母が心配して抗原検査をするが、唾液が上手く採取できない。三回目でようやく陰性が確認できる。癌専門病院と連携している歯科にマウスピースの調整に行かないといけない日だった。母が会社を休めず自力でなんとか行く父。十七日に届いた介護ベッドの搬入も自分で対応した。だが、貧血がどんどんひどくなっていき、ふらふらすると言う。自分で測ると脈拍が速い。心配になった母が仕事を早退し、かかりつけ医をお願いしていた内科に行く。貧血を起こしている可能性があると、採血。結果は翌日の夕方になると言われた。その日の便が真っ黒だった。嫌な予感がした。

十一月十八日、早朝電話が鳴った。

「急いで大きな病院へ行ってください」

かかりつけ医からだった。ヘモグロビン値が7。極度の貧血だと言う。まだクリニックは開いていなかったが、先生が早く数値を渡してくださる、と母が取りに走った。ちょうど専門病院の診察がある日だった。以前の検査ではヘモグロビン値は9・7という数字は危険だと先生も焦っている様子だった。病院へ向かう途中、

「もう体重が落ち続けているから、『胃ろう』をお願いしようと思う」

と父が言い出した。「胃ろう」とは、栄養を確保するため胃に穴を開けて直接栄養剤を流し込むことである。

「流動食でも食事ができている」

と味を楽しんでいた父の発言に、運転しながら母は涙が堪えられなかった。「父の考えを尊重する」と、と答えるのが精いっぱいの母。

部長に血液検査の結果を見せた。部長は、数値を見るなり、

「緊急入院が必要です」

「まさか」と「やはり」が混在した。どこかから出血している。すぐ車椅子が用意され、緊急検査。入院の用意を促される。母は、看護師さんに、ぎりぎりまで見送らせてくれ、と懇願。状況を察した担当の看護師が、本当にここまでがぎりぎり、というドアまで許可してくれた。車椅子の父に必死でハグする母。

「大好き。愛している」

人目もはばからず言う。父もうなずく。一体どうしてこんな思いばかりしないといけないのか。気丈な母は片道四十分の距離をとって返して、入院の準備。私のＬＩＮＥに事情を連絡。学校にいる間は携帯を触れない私は放課後、目を疑いパニックになった。状況を説明する母。だが頭に入ってこない。病院へ向かいたかったが、コロナでの付き添い制限。夕食を自分で何とかして、と言われたが、今となっては、何をどう食べたかも覚えていない。

待合室でずっと待機していた母。夜になりようやく、いつもの部長サブの先生に呼ばれた。映像を見せられた。明らかに胃の袋が血の海。隣の映像はフォアグラのようなぶよぶよした血肉片が胃袋にあるのもわかった。画面を差しながら、医師は、癌が胃の外から中へ進行していたこと、その転移性の胃癌から出血していたこと、奇跡的に止血できたこと、輸血をしたので今はヘモグロビン値が戻ったこと、胃に癌がこれだけできていると胃に物を入れるとまた出血すること、したがって今後は点滴だけで栄養を摂るしかないこと、末期癌患者なので、今度出血しても処置ができないこと、同じくもう輸血もできないこと、を告げられる。母は頭が白くなった。いわば、「今後何があっても処置をせず見捨てるということ」を宣言された瞬間。母は思わず聞いた。

「例えば、お金を払っても手術も輸血もしてもらえないんですか？」

「緩和ケアとは、病気のありのままを見守るケアです。積極的な治療はもうしないんです。血液は限られているので、末期癌の方には血は回せないです。申し訳ありません」

父の病状が悪くなっていくたびに、それでも小さな希望を見つけていた私たち。また絶望がやってきた。泣いてはいけない、泣いてはいけない、何とかするんだ、何とかなる。母はいつもそう言い聞かせて目を真っ赤にしながら前を見ていた。もう前を向くのはつらかった。だが、父のために母は進まなければいけない。

面会禁止のはずの病棟。特別に父と面会。父はすでに説明を受けていた。母、父の手を握ることしかできなかった。実は、母は来る二十四日の父の誕生日のためにサプライズビデオを仕込んでいた。何十名もの人々が笑顔で父を応援するビデオ。中には海洋冒険家の白石康次郎さん、全盲で初太平洋を横断したヨットマンの岩本光弘さんのメッセージもあった。尊敬するＩＳＰＡ創始者ボブさんはお洒落なアニメーション入り画像だったし、父の会社のメンバーは広告会社らしく映像技術を駆使。お笑い芸人のようにストーリーを仕立ててくれる人や、小道具を駆使してくれる人。立教メンバーは大学を背景に応援。工夫を凝らしたメッセージが幾つも集まりそれはそれは壮大な一時間ビデオとなった。ビデオ編集は、アコさんのパートナー、マイケルが担当した。音楽やキャプションも入れ、観ごたえがあった。このビデオを家で観ながら過ごす予定だったのに！

まだサプライズにこだわっていた母は、止血できたならなんとか二十四日は家で過ごせないか医師に相談した。しかし、父も体力に自信が無いと言う。母は、病院に交渉した。来年の誕生日が保証されないのだから、なんとか家族三人で過ごす時間が欲しいと。

母の説得に折れた医師は、コロナの検査をしっかりして、誕生日当日、滞在時間一時間だけ、という条件で三人で病室で過ごすことを許可してくれた。突然の入院でずっと父に会えていなかった私は、父の顔を見るとこらえきれず泣いてしまった。東京タワーを見ながら、

「眺めがきれいだね」

とか、病室から見える防災博物館を見て、

「ここ、学校のプロジェクトで来たよね」

とかなるべく普通の話をした。小学生のとき、私は「防災プロジェクト」に参加しており、ここまで来た。そのときここは家から遠い、と思っていた。そんなところに母は毎日来ているのか。頭が下がった。

サンディエゴの親友から届いたふわふわのブランケットと、誕生日カードを父に渡す。そして、ビデオ上映。

「一時間あるから、あとでゆっくり観て」

と冒頭だけ見せる。アコさんのメッセージから始まり、私たちで終わる。応援が続くビデオを父は寂し気に見つめていた。私たちも、なんだか話すことが見つからず、写真を撮ったり、会話がないまま手を握って過ごした。ハグをしたかったが管だらけだったし、父がちょっと疲れている表情だったので諦めた。

一時間経ったところで、今後の自宅の医療措置について打ちあわせがあった。点滴の換え方を母も練習した。父がぽつり、と、

「早く帰りたい」

と書いた。胃の止血をする手術のときの様子がいたたまれなかった。部分麻酔だったので医師の会話が全部聞こえた。よく外国医療ドラマであるように、軽口を叩く医師たち。

「えー、この患者、粘表皮癌だってよ、珍しいな。わ、なんだこりゃ」

続いて血液を吸い出す音。措置をする音。

「なんだこれ、フォアグラみたいだな。わあ、これが癌だ」

生生しい。「物」としてしか患者を扱っていないことを実感した。

「もちろん、止血してくれたことには感謝しているが、ここにいるのがつらい」

と携帯に文字を打ち続ける父。しゃべることができない上に、それを書いて表現するつらさ。母は自分の身体も魂も凍えた、と言った。カウンセラーの資格を持つ母は自律神経の反応に敏感だ。心を落ち着かせようと必死に深呼吸をした。父を最後まで穏やかに過ごさせてあげたい、心が爆発していた。

さらに、追い打ちをかけたのが翌日の部長からの電話。母が仕事場にいると突然、携帯が鳴った。何かあったのでは、と電話を取る手が震える。

「状況はお聞きになりましたね。何かあったときですが、緩和ケアの患者には蘇生《そせい》措置ができないことを理解してください。緩和ケアとは病状をそのまま受け入れるということです。積極的な治療はいたしません」

　母は悔しくて泣くのをこらえながら、「もし、今何かあったとき、死に目に会えないのは絶対に困る、そこまでは蘇生措置をして欲しい。子供がまだ十六歳であり、子供の気持ちだけでも尊重してほしい」と粘った。部長は、「病院から電話をして一時間以内にかけつけられるのであれば、なんとかする」と言った。そのうえで、「心臓マッサージ」が残酷であることを説明する。心臓を動かすために、ろっ骨を折ってでもマッサージをするのが心臓マッサージ。

「それをしたら患者さんは苦しいですよ」

　そうであれば、心臓マッサージをしなくても、自分たちが行くまでどうにかしてくれないのか、母は支離滅裂とわかっていても引き下がらなかった。部長は、いつもの淡々とした口調で、理解した、とだけ言って電話を切った。緩和ケアという柔らかい響きとは裏腹に実態が残酷であることを目の当たりにした。

　だが、追い打ちをかけるように、新しいラボから電話があり、

「残念ながら、培養に失敗しました」

と告げられた。母は凍り付いた。血液の状態が悪かったらしくＮＫ細胞が育たなかった

と言う。あんなにふらふらになるほど血を採って、どうにかならないのか、電話で相談する母。事務の金さんが、残りの血で再度培養するまで時間が欲しいと言う。でも同じときに採取した血液では、結果は同じではないのか？

　状況を知り、苦しむ父に、金さんは長いＬＩＮＥを送ってきてくださった。自分も夫が命に係わる病気だったこと、この治療は必ず効果があること、信じて再度の培養を待って欲しいこと。親身な長い長い、真摯な文面。培養の結果まで待てるのか全く不安だったが、金さんの文面を見て信じて待つより選択肢がなかった。もし培養が上手くいったとしても十一月二十五日と十二月二日に投与が決まっている。培養の関係で、その日以外は投与ができない。退院できなければ、せっかく培養した血は捨てざるを得ない。

　父の投稿の文章が長くなった。声が出ない父は、書いて思いをぶつけるしかない。Facebookの千人以上の友達が、励ましのコメントをする。これほど、ＳＮＳがありがたいと感じたことはない。

　私の写真を載せたり書かれたりするのは本当は好きではなかったが、こんなことで父が喜ぶなら、と割り切った。父は極めて明るく書いている。しかし胸の内の慟哭《どうこく》を私は受け取っていた。

誕生日。昨年に引き続きこの病室で過ごしております！　皆さんから誕生日のビデオメッセージをアメリカの友人が編集してくれてなんと一時間もの大作で、朝からYouTubeで拝見しました！　なんと多くの方からのお祝い、闘病励ましのお言葉に涙がでました。ありがとうございました。あまりに多くて私の体調もあり個々に返信できませんがお許しくださいませ。メッセージリンクは載せておきます。

続く投稿は悲痛だった。

　さて、昨年夏に舌根癌ステージ４ａと診断されてから、二回の手術を経て、ＦＢで日記報告のとおり強烈なリハビリに耐えつつ、しかし喉の癌は思いのほか後遺障害がひどく、食事が摂れなくなり、またほぼ声も出なくなってストレスも溜まりつつ、復活を期して、進んできました。さらに嵐に！　ひと月前、病気が一気に進行して全身に多発転移していることがわかり、余命半年～の宣告を受けました。それでも望みを失わず海に出てセーリングしたり、居合抜きや多摩川へのバイクは報告のとおりです。そして先週金曜日、胃に転移した癌から出血し緊急入院。胃の止血処置をし、輸血も行い一命を取り止め、現在は胸に静脈ポートの埋込手術をして点滴で栄養を摂って命を繋いでおります。そして今日は誕生日、家族の特別面会を許可してくれて起き上がり会える状況まで復活して安定しています。ビデオメッセージ間に合いました。重ねてありがとうございました。

この一年間の闘病を通して、「人生は一度限りの航海である」と思い至りました。何人も争うことのできない、すべての人が迎える死。この一年間、何度も心折れましたが、「癌という病気は、死を迎えるまでの準備ができる幸せなものだ」と書いた本も見て、結局どう生きていくのか、その人の死生観なのだなぁと。

今日のビデオメッセージの中で、海洋冒険家の白石康次郎さんの言葉は特に心に沁《し》みました。勝手ながら動画を載せており、皆さんの今後の生きていくヒントになるかもしれません。私もこの六十四年間、何回か死ぬかなと思うことがありましたが、彼曰く、「命懸けでレースをしていますが、生きるか死ぬかは神様にお任せするしかないんです。座間さんにも僕にも出来ることは、大切な貰った命を最後の最後まで自分らしく尽くし切ることだけだと。死んだら死んだときに考えれば良いので、今は落ち込むだけ落ち込んでそれでも、諦めないこと。人間の力ではどうにもならないこともあるので、海や山に出て自然の声なき声を聞いてみよう」と彼らしい言葉をいただきました。やはりヨット療法はありますね。

だいぶ追い込まれてきましたが、振り返れば、東京に生を受け成長し、中学高校は剣道で身体を鍛え、大学は自動車レース、そしてスキューバダイビングで妻と世界各国を潜り歩き、仕事、ゴルフに熱中し、子供の頃から好きだった海と最後まで付き合えるセーリングを四十年続けて、インストラクターにもなりました。娘も含めて子供たちセーラーも育てることができました。フルスロットルで楽しんできましたので大満足です。

一方仕事は厳しさの連続でしたが、会社の先輩、同僚、後輩たちとそして海外の仲間たちとグローバルに誇れる素晴らしい仕事をたくさん生み出すことができました！大好きなクライアントのブランドを輝かせる仕事、本当に誇り高い仕事だと実感できました。

感謝しかありません！

そしてこのＦＢで繋がっているほんとうに多くの素晴らしい仲間たちが、私の財産であり今もこうして共にいられることが何よりも幸せだと思います。

なんと素晴らしき人生（航海）でしょうか！

もう食事も摂れませんし、できなくなることだらけですが、無くしたこと恨んでも仕方ないので前を向いて、座間らしく最後まで諦めずに命を尽くしていく。ちゃんと対岸まで帆走していき、きっちり自分で船のもやいを取りたいと思います。

なんか檄文になってしまいましたが最後までお読みいただきありがとうございます。

今の目標は、一週間で退院して訪問診療、自宅介護ケアの体制を整備し、生活の拠点を再構築すること進めていきます（今日の家族の訪問面会はこの打ち合わせになりました。由起子、耀永、よろしく頼みます）。

まだまだ大航海は続きます、いつものように適宜記録がわりにアップしていきますのでよろしくお願いいします。

ここまでくるとこれは日記ではなく遺書さながらだった。父は自分が納得できる在宅介護支援クリニックを探し始めた。バックアップでこの病院の緩和ケアの病棟も予約。薬局、できる限りの在宅ケアの調査、緊急の場合の癌専門病院との連携。母も奔走した。区や健康保険組合にも相談し、情報を集めた。それ以上に調査に余念が無い父。こだわりがあり、頑固の父がピン、ときた近所の二十四時間体制の緩和ケアドクターを見つけた。偶然、癌専門病院とも連携をしている。母が連絡をすると、退院したその日に早速、訪問をし、薬も用意ができると言う。電話に出た院長の近藤先生は、声にぬくもりがあった。全面的にサポートするので、安心してください、と受け入れ体制を強調してくれることが、心強かった。

「いいお医者さんが見つかってパパは運がいいね」

こんな状態になっても、絶対弱音を吐かない、前向きに声がけをする母の根性に頭が下がる。父は、一刻も早く病院を出たがった。

「もう、病院は嫌だ」

「最期は自宅で」

何度も言った。父は、過去のFacebookを見返すようになった。懐かしい写真、動画を繰り返し投稿するようになった。中でも私がつらかった動画がある。

「おはようございます。新企画、動画シリーズ、第一弾。二年前の桟橋宴会にて。今では声を失いましたが、自分の声が懐かしい！　海の仲間の會田さんから投稿いただきました」

　コロナですべてのレストランが閉まっていた頃。術後の私を応援しようと、海の仲間で栈橋に集合し宴会を開いたとき。會田さんのお嬢様、聖実さんが楽器の天才で、父にウクレレを教えてくれている映像。父が、「いとしのエリー」を歌い上げていた。静かに歌いあげる父。父の「声」を一年ぶりに聴いて、私も母もただただ涙が止まらなかった。

「人が最初に忘れるのが『声』」

と聞いたことがある。

「絶対忘れない。絶対忘れない」

見れば見るほどつらかったが、リピートした。「いとしのエリー」。父のエリーはイカしていた。かっこいいよ、パパ！　絶対、忘れない。パパの声。父は自分の声を聴いて何を感じたのか。とても聞けなかった。続いて第二弾は私たち、ヨットの生徒たちのことだった。

　十一月二十八日。

「おはようございます。動画シリーズ第二弾。夏の個人Lesson風景」

として、私を含めた四人の生徒の写真を投稿。カナダに行けなかった菜々子も含め、私たちはそれぞれ十六歳の誕生日と同時に、日本で小型船舶免許を取得した。全員で、「車の免許より早く国家試験を通った！」と意気揚々。父も自慢だったらしい。

今年の夏、カナダバンクーバーにて一週間の講習を経て、世界の海で、通用する国際クルージングライセンスＩＳＰＡのディスキッパーライセンスを取得できました。そして十六歳の誕生日に併せて、日本の小型船舶操縦士免許も取得。私にとっても最高のプレゼントになりました。

父がリタイア後に人生を懸けるはずだったヤングマリーナプロジェクト。私たち四人は父の最初で最後の生徒となった。

十一月三十日。悲願の退院。在宅医と時間を待ち合わせて帰宅。初めて会った訪問医の近藤先生は恰幅が良い穏やかな笑顔。師長さんをはじめ、看護師さんたちも、ちゃきちゃきしていて明るい。暗い在宅看護を明るく乗り切れそうだった。病院からの紹介状。封をしたまま渡さないといけないのは知っていたが、母は封を切って読んだ。内容はえげつなかった。赤裸々な病状に加えて、家族の様子まで詳細が書いてあったのだ。

「家族は状況を知っており泣くこともあるが、落ち着いて冷静に話を聞ける人です」

紹介状とは症状だけを引き継ぐわけではないことを知る。近藤先生は、中身を読んだことを責めず、お互いのコンセンサスを合わせたかったことを尊重してくれた。二十四時間電話をしていい、ということがありがたかった。近藤先生は、

「とにかく、胃から再出血しないようにだけ頑張りましょう」

と言う。再度、出血したら命は無い。常日頃から「ダメ元」で交渉する母は、

「やはり、再出血しても輸血はしてもらえないのですか」

と聞いた。紹介状にも書いてあったからだ。近藤先生は済まなそうに答えた。

「血が限られているから、相手がたとえ天皇であってもできないのですよ」

医療は何のために存在するのだろう？　癌患者は結局最後は見捨てられる、と確信した。

点滴をしたまま、どうやって入浴するのかシミュレーションをする。点滴のための針は胸にポートを開けている。衛生のため、医師が週に一度交換。そこが濡れないようにパーミロールというシートを貼る。濡れると雑菌が針から内臓に入ってしまう。あまり器用でな

い母は、医療装置が大変そうだった。一方で父は器用で細かいので、母のあたふたする手さばきにイライラしているのがわかり、私もいたたまれなかった。

「父の視線を浴びながら処理するのはプレッシャー」

ジェスチャーを交えて面白可笑しく私に様子を説明してくれたが、実際は相当に追い込まれていた。点滴も交換時、管に空気が入ったら命は無い。また交換を忘れると空気が入ることになるため、命に係わる。タイマーをかけ、手順メモを細かく作る母。それをチェックする父がさらに細かかった。

点滴の交換が上手くいかず、管に気泡が入ってしまったときがあった。父が「この空気が血管に入ったら死ぬ」とパニック状態になり、母も慌てた。夜遅かったが近藤先生に電話をした。遅い時間にもかかわらず、先生は落ち着いた口調で、

「そのくらいの気泡は大丈夫です。安心してください」

と、力強くアドバイス。先生の「大丈夫」の一言が、何よりも心強かった。

翌、明け方。父がトイレのドアを狂ったように叩いた。母が飛び起きて走る。

「おしっこが出ない」

何度もトイレに行くが出ない。水分量が少ないからかもしれない、と様子を見た。近藤

先生に相談する。だが、夕方になっても排尿がない。尿毒症になってしまったら、と父は天地をひっくり返したごとくのパニック状態。急ぎ、近藤先生に再電話。尿管カテーテルを入れた。痛いなどと言っている場合ではなかった。尿の袋の取り扱いは、父が自分でやると言う。母に気を遣ったのだろう。点滴にカテーテル。父は家でも管だらけになった。父の部屋がある一階からリビングの二階でも使えるようにと、母が点滴台を二台用意したが、管だらけで移動が難しかった。

「食事もしないから」

と父は部屋にこもってしまった。

十二月二日はNK細胞の投与日だった。十一月の投与は間に合わなかったが、その細胞は育っていなかったので諦めがついた。車椅子でラボへ向かった。ラボの人たちは、今にも倒れそうな父を見て、不安だったとあとに聞く。さらに投与している最中から、発熱、震えが出た。

「これは効いている結果だから」

とラボを紹介してくださった永峯先生が励ます。永峯先生は紹介してくださったあとも、「紹介した責任」と父の治療に寄り添ってくださった。数値の管理や、処置のチェック。

ラボのスタッフも、「通常、紹介したらそれだけなのに、毎回いらしてくださる先生はすごい」と感激したほどだ。癌専門病院の先生に見捨てられた父だが、永峯先生に会ったことは救いだった。38度まで熱があがり、毛布をかけてもがたがた震えた。「NK細胞が癌と闘っている」そう信じるしかなかった。熱は39度まであがり、父も母も不安だった。

だが、翌日は、驚くほど体の調子が良かった。体が軽くなった。効いている感じが体感でき、父は心も軽くなった。それを見た私と母も心が軽くなった。このまま奇跡が起きてほしい。誰もが願った。

父は母と相談し、この免疫療法のことは近藤先生には伝えなかった。免疫療法をするなら、当院の治療は中止する、と言われた主治医と連携しているため、最後の砦《とりで》の先生に見捨てられるのは怖かったからだ。

十二月四日。

経過報告です。十一月十八日の緊急入院から二週間、現在の病院ではもう癌に対する治療がないので、残りの人生、緩和ケア病棟へ行くか？　家族と過ごすかの選択にて当然後者を選んで、今週水曜日に退院して自宅に戻りました。実は余命宣告を受けてから今後の生活を予想して準備を進めておりました。先日来日していた妹に付き合ってもらい選び、手配していたパラマウント社の介護ベッドも予定どおり搬入され、点滴台や各種装備の手配、近隣の往診治療のホームドクターも外科医で緩和ケアの専門医の選択と依頼。妻の献身的な努力もありこの四日間かけてこうした生活する拠点構築はできました。一方退院翌日の深夜に尿が全く出なくなり、これまた緊急でホームドクターが、導尿カテーテルを挿入してくれるなどマイナーなことはいろいろ起こりましたが、今は体調も安定してこうしてFB投稿できるまでになりました。そもそものこのドタバタの経緯は、体調を崩したときに受けた「かかりつけ医」の血液検査。輸血が必要なレベルの貧血がわかり、その日がたまたま病院の診察日だったので行くと即緊急入院、手術となり命を取り留めたこと。

冒頭の選択の中で、自宅療養には大きな不安がありました。しかし事前に自分で調べて、妻に交渉してもらったホームドクターが毎日往診してくれる専門医で病院とも連帯してくれる信頼できる方に会えたこと。そのドクターの処方により、胸に埋め込んだ静脈ポートから二十四時間の点滴と、医療用麻薬投与にて、痛みのコントロールはうまく進んでいること。崖っぷちを綱渡りで歩いておりますが、まだまだラッキーな運は失っていないなぁと神さまに感謝しております。Bad news としては、冷静に見ると、胃からの再出血に手立てはなく、即命取りになるので、食事は一切摂らず、点滴栄養にすべてを委ねていますが、結構お腹空くんですよね。テレビで料理番組や食レポ見ていると腹立ちますので観ないことにしますが、元気な証拠ですね。トイレもチューブをしてるとほんと寝ているだけで何もすることないので、Netflix 観ながら、たまに、太もものスクワットや踵《かかと》上げでふくらはぎに刺激を入れて少しでも床ずれ対策しています。Good news としては、痛みのコントロールが効いているので、顔色が良いねとドクターに言われますし、ほぼかすれて出なかった声が、音として認識できるレベル（音量）に少しなってきました。声帯を動かす反回神経の麻痺《まひ》が少しずつ解消しているのかもしれません。無理は禁物ですが、来週おしっこの管が抜けたら、まず半身浴の風呂に入ること。そして天気の良い日を選んで、点滴をバックパックに入れて、少しだけ外を歩けるか試してみようと思います。外は寒いですが、部屋にこもってぬくぬくと暮らしております。皆さまもお身体ご自愛くださいませ。

カテーテルが功を奏し、尿の排出が落ちついた。カテーテルを外したところ、自力でしばらくいけそう、となった。管が一本外れて、父は嬉しそうだった。体力が落ち、もう運転も難しい。家にいてできる治療を考え、藁にもすがる思いで、水素吸入マシンをレンタルした。

居合の動画も編集しはじめた。自分を「座間一刀斎」と名付けたYouTubeチャンネルの配信を始めた。若かりし父の袴姿がなんともりりしい。真剣を振り回す姿は勇壮だった。

十二月十三日は、井上尚弥、バンタム級世界四団体統一王座戦だった。父が大好きな選手。私もすっかりはまっていた。何と前から五番目というとんでもないチケットが当選し、父には申し訳なかったが会場に足を運んだ。父も配信で見ているという気持ちで「一緒に」応援した。

王座獲得、偉業達成おめでとう。ドコモ独占配信なので昨日から入会し、今日の本番配信に備えての視聴でした。モンスター井上の躍進、私はずっと注目してきましたが、実は娘がファンなのです。今のＪＫはボクシングは、よくわからなくても、イケメンのアスリートとして観ているようです。そして、なんと応募したチケットが当たって妻と娘は有明アリーナに観戦に行っております。ライブコンサート見に行く感覚、ボクシングに対する見方も時代は変わったなぁと思う夜でした！　良い試合を観て幸せな一日でした。

私の席は末端に飛び出していて、尚弥が一番初めに出てきた瞬間に見える席だった。目の前でポーズをしてくれて携帯にばっちり撮れた。帰宅して父に見せると父も、

「元気が出る！」

と興奮して家族で盛り上がった。やはりアスリートの活躍は病人にもアドレナリンを出させる、これはいい療法だ。尚弥に感謝だ。

しかし、この頃から、腫瘍が明らかに増え始め、顔や背中にぼこぼこしたものが顕著になってきた。顔の形も変わってきた。痛みも増してきて、痛み緩和でオピオイド（麻薬）を入れることになった。点滴に混ぜて投与する量と時間が決まる。薬の器械は先生しか触れないよう鍵がかかる。麻薬投与に伴い、もう以後、運転ができなくなることが決定した。

父から車を奪うのは、身体の一部を失うほどのインパクトだった。父は大学時代、自動車部の主将を務めていた。車が大好きだった。世の中にＥＶ車が発売されたとき、「これ

からは電気自動車」とすぐに購入。しかし走行距離が短く、何度も充電することがストレスだった。当時、千葉県の君津にレンタル畑があり、種まき、収穫、田植え、稲刈りと季節ごとに通ったのだが、その間、往復二回以上充電が必要で、家族中がストレスだった。そこに登場したのが、かのイーロン・マスクのテスラ。充電後の走行距離が驚くほど長い、と日本上陸と共に購入。私が、朝日小学生新聞の子ども新聞のリポーターとして、イーロン・マスクのコンペティションの特別取材の担当になったとき、一番喜んだのは父だった。そんな父の愛車はもう運転できない。母はペーパードライバーから復帰して一年足らず。とてもテスラは運転できないと、売却することになった。購入時の半額にも満たなかったが、医療費がおそろしく高額だったこともあり即決した。

十二月十六日の投稿は、愛車への思いが溢れていた。

TESSありがとう！　長年家族がお世話になったアメリカ製EVTesla我が家ではテスという名前がついていました。痛み緩和で医療用麻酔を常注のため、私の運転へのドクターストップがかかり、朝イチ陸送業者に引き渡しました。テスは五年で4万8500キロも走っており、皆さんもそうでしょうが、家族の思い出がたくさん詰まっているので少しセンチメンタルです。実は日産のEVアリアが発売されたので買替えを模索してましたが、妻がペーパードライバー返上で特訓して、私の通院のため小型の日産キューブを買ったので、当面我が家は赤いキューブくんと歴史を作っていきます。おかげさまで私の体調は一旦安定しており、本日朝、専用バックパックに点滴セットを入れて、駐車場から外の道路まで車を動かせました。モバイル装備なので肩にかけても目立たないし、ご覧のとおり見た目は元気です。そして、愛車はなくなりましたが、モルテン社のカーボンファイバー製の超カッコイイ車椅子ウィーリィ2をお借りすることができ、今日からは週一通院の相棒となります。キューブくんに積んで本日早速の出動！

物へのこだわりが強い父。普通の車椅子は嫌だと、父の支援していたスタートアップ会社がモルテン社と共同開発した、スタイリッシュな車椅子、ウィーリィを借りた。クオンタムというスタートアップ支援会社の社長、及部さんとモルテン社の営業の方がわざわざ家まで持ってきてくださった。従来の車椅子から想像もできない黒メタル。フォルムが丸く、褥瘡ができないクッションや、持ち手がホールドしやすい線になっている最先端のデザイン。父は喜んで車椅子を走らせた。あたかも新車を買ったかのように。會田さんが、「車を手放す寂しさがわかる」と父のナンバープレートをデザインして送ってきてくださった。父は子どものようにはしゃぎ、喜び、車椅子につけた。さりげない仲間の思いもよらないプレゼント。父は多くの人に愛されている。父が自慢の投稿をした。

クールな新しい相棒！　Molten 社製の wheeliy 2（ウィーリィ）をご好意で借用しております！　従来の車椅子の概念を大きく変える超軽量モデルで、フレームはマグネシウム、ホイールはカーボン素材を採用して8キロなんかF1マシンのようなｓｐｅｃで驚きました。実際介護をしてくれる妻にとって、車への出し入れや押す際のハンドリングにこの重量はとても重要です。私も生涯で初めて車椅子で自走しましたが、ご覧のとおり回転も前進もとてもスムーズで、しかも肘掛けがブレーキになっていてすぐに緊急停止できます。素材感を引き出すブラックで超クールなシンプルデザイン！　実は、この商品の開発マーケティング協力は quantum inc. が手がけているのです。私が社長時代に、経営企画室で手腕を振るっていた後輩たちが、広告会社の枠を超えて事業会社を作りました。クオンタムは、発想から実装まで、事業開発のすべてを活動領域とし、新しいプロダクトやサービスを創り出すスタートアップスタジオなのです。素晴らしい仕事の数々を生み出し続けて活躍している姿が本当に嬉しい。仕事の一例としてこのウィーリィのページを貼り付けておきますのでご覧くださいませ。及部さん、川下さん、そして門田さん、ありがとう。超スムーズアクセスビリティな製品、楽しんで使わせてもらいます。

一方で点滴台を持って外出は厳しい。病院で薦められた点滴用具を一式入れるバックパックは、なかなかすぐれものだった。

十二月十七日。

生命維持装置のモバイル化で活動範囲が広がる。モバイルバックパックを背負ってひと月半ぶりに屋上ベランダへ出ました！　今日は一月並の寒さと聞きましたが、外は気持ち良くまさに深呼吸しました。

このエルネオパ（点滴をしている栄養剤）が僕の水分と食事のすべてです。胸に造ったポートから中心静脈点滴で、小型のポンプを使って送り込みます。一日の摂取量ですが、体重から計算すると一日１５００㎖で良いそうですが、入院中もお腹空くので増量してもらい、今のホームドクターにも２０００㎖を約二十四時間で入れるように、ブルーカバーの小さなポンプのスピードをコントロールしてもらっております。ピンク色のほうのポンプは医療用麻薬オピオイドで、これも危ないので投入量は医師の持つkeyがなければ変えられない設定がされています。今までは点滴台にかけてあるので一階の自分の部屋からトイレや洗面台へ行くのに常にこの台をひき回して歩くのですが、当然階段を上がれません。この専用モバイルバックに詰めると背負って移動が可能となり、ポンプ用の充電式の電池は三十六時間は持ちます。お風呂に入るときは胸の近くのチューブを外し、一旦ロックして、専用のパックで水が入らないようにシールして入ります。医学の進歩は素晴らしいですね。このチューブや機械を操作する訓練も入院中に妻と二人で受けました。雑菌を入れず、気泡などの混入による医療事故を防ぐ知識とスキルが必要なのです。今やできなくなったことを悔やんでいても前に進めないので、小さくてもできることを見つけてこれからもこの場を借りて報告していきます。今日はモバイル装備で行動範囲が広がったこと、そして九月の退院時に失っていた声がここへきてだいぶ出るようになり、滑舌はダメ（笑）ですが、ここ一週間で急に声量が増してきたことが本当に嬉しい！　毎日往診してくれるホームドクターのご指示のもと、まだまだ寝たきりにならないよう自分で動けることに感謝です。

翌日、父はまた私たちにセーリングを指導しているところ、カナダの映像をFacebookにアップした。これでこの内容の投稿は何度目なんだろう？　父の人生にとってヨットと指導は大きなものだった。苦手だったし、止めたかったヨットだが、最大の親孝行。止めなくてよかった。つらかったけどカナダに行ってよかった。何度も挫折しそうになったとき、助けてくれた幼馴染たち。トレーニング中、喧嘩ばかりだったが必死に共に乗り越えた。彼らにも彼らのママたちにも本当に感謝しかない。

十二月二十三日。免疫投与の日。また永峯先生がいらしてくださった。ラボの医師より真剣に寄り添ってくださる。前回の数値と比較し、培養されたNK細胞の数をチェック。体の調子はよさそうだと鼓舞してくれた。イギリス留学中で、海兵隊の伍長（当時）であるご子息が勉強のためにと、ラボにいらして父に声をかけた。何でも居合をやっているらしい。父は嬉しくなり、自分の居合ビデオを見せる。聞き取れない声だろうに、伍長は真剣に耳を貸した。伍長は以後、帰国中は永峯先生と一緒にラボに来ては、居合やヨットの話を聞いてくれた。父が作っていた刀のYouTubeをチャンネル登録したと知って、父は意気揚々とまた伝えようとする。息子が欲しかった父は、ひとときの父息子関係を楽しんでいるかのようだった。永峯先生が、

「元気なときにお会いして、もっと息子と話して欲しかった」

とつぶやいた。しかし、病気になったから出会えた、という皮肉な縁。それでも、父が喜ぶ出会いに私たちは感謝しかなかった。

クリスマスイブ。父の同僚のクリスが来た。実は、多くの方のお見舞いをお断りしていたのだが、クリスだけは、会って欲しいと母が説得した。クリスは、世界中のエージェンシー仲間からのビデオメッセージと共に、本当に世界を変えるほど活躍した人にしか与えられないアワードをサプライズで持ってきてくれたのだ。メッセージをみんなで見た。早口でわからない英語も多かったが、みんなが父を称えていること、鼓舞していることが理解できた。アジア、中東、欧米から世界中の人に愛されている父。

クリス、素敵なサンタ役ありがとう。この二十五年間のグローバルエージェンシー

との信頼と尊敬に満ちた関係は私の一生涯の宝物です。あなたが言うように二〇一一年にAdAgeのInternational Agency of the Yearを受賞して世界に誇れる地位を獲得したことでさらに会社の勢いがブーストしましたね。当時のクライアントと社員の皆さんすべてが私の誇りであり素晴らしい時代を突っ走ることができました。きっと先日ローマでのネットワーク世界会議で各国のトップたちが集まる中このインタビューをしてくれたのだと思います。昨日は家族と一緒に観たので涙は見せませんでしたが、朝もう一度観て今涙しております。二十五年間の歴史で育んだ仲間たちからのメッセージを聞いて、益々この病気と闘う勇気をもらいました。最高のクリスマスギフトをありがとう。

私は父の偉業をこのとき初めて知った。父は広告業界で最高のアワードと言われる賞をアジア人として初めて受賞したのだそうだ。私は、まだまだ父のことを知らない。もっと父に教えて欲しい。どうして時間が無くなっていくのだろう。私はまだ父と十六年しか過ごしていない。もっとしゃべりたい。もっと笑いたい。父に怒られたい。もっともっと一緒にいたい。ただそれだけなのに。

従姉（父の妹の娘）から連絡があった。なんと六月に出産するらしい。そして、奇遇にも出産予定日が六月二十一日！　父と母の二十九年目の結婚記念日だ。ダブルでお祝いしないと、とにわかに盛り上がる。しかも、子供が男子なら、父の一郎から「一」を取って、「健二」という名前にするらしい。これほど嬉しいニュースはなかった。

ＮＹに住んでいる姪（アンドレイナ裕美子）と妹から電話があり、来年六月に家族が増えるとの嬉しいニュースでした。私も単調な毎日をコツコツと生きている暮らしですが、来年は天中殺も抜けて良い年になる予感がしています。

前向きに書いているが、本当はそこまで生きている自信は無いと語る父。私は怒った。「病は気から」と励ました。

しかし、この頃から足の浮腫がひどくなってきた。左足が特にひどかった。移植のために削った肉の影響だと近藤先生が説明した。テレビを観ながら自らマッサージをする父。訪問マッサージを見つけ、定期的にきてもらうことにした。

さっぱりしたいと言うので、行きつけだった美容院の店長さんに相談したところ、点滴していても個室を利用してシャンプーカットができると言ってくださった。年末にカットができて大喜びの父。

十二月二十九日。

もう十五年以上のお付き合い！　家族三人で髪を切ってもらっている自由が丘ヘアサロンNOVのオーナー森川英展さん。彼は高校球児からこの業界に入られ、色々な事業も経営されている異色の経歴をお持ちですが、最近は、沖縄でカリオヤ財団の代表理事もされているとお聞きしました。ヘヤーメイクアップアーティストでもある彼からは、私も広告業界なので昔は髪を切ってもらいながら業界談義や情報交換をしていたのですが、今日お聴きしたこのSDGsに繋がる活動は素晴らしいなぁ～と思い載せておきます。モバイル点滴や気管呼吸の都合等あるので、気兼ねない半個室にて、久しぶりにしっかりシャンプーして、髪もスッキリカットして貰ったので、気分よしです。夜は胃関連の痛みがありますが、こうして昼間に外へ出て動けると痛みは忘れて生きている実感を取り戻せる。今日は森川さん、そして妻に感謝です。

嬉しくて饒舌《じょうぜつ》なのが伝わる。こんな普通なことが特別になる日々。人の親切がありがたかった。

十二月二十九日は海の男たちの永遠の若大将、最後のステージだった。父もかぶりつきだった。父もカラオケは加山雄三が多かった。

「ヨット仲間の多くもきっと合唱するでしょうね！　私もテレビの前で歌います」

声が出ないのに、そう投稿していて切なかった。大晦日。みんなで紅白歌合戦を観る。

二〇二三年　在宅介護、永遠の航海、父との約束

元旦。父が起きる前に、前日、作っておいたお節料理を並べ、甘酒をお屠蘇として母と乾杯。なんだかこそこそ食べるのが嫌だったが、父には見せられないし、行事は大切。静かでさみしいお正月。「明けましておめでとう」が心から言えなかった。いつものように八時過ぎに起き、歯を磨き、レティナの洗浄など、ルーティンを進める父。落ち着いた頃に、新年の挨拶をした。しばらくして、インターホンで部屋に呼ばれた。お年玉だった。

「耀永へ。大志を持つ」

と父の力強い字で袋に書いてある。すべてをここに込めた、と言わんばかりだった。私は両手で受け取った。封筒を机の前に貼った。

明けましておめでとうございます。いつも見慣れた景色ですが、令和五年元旦、年が改まり気持ちを切り替えるとまた新鮮です。さて、私は年末年始をかけて丸二日間このビデオの編集に没頭してまいりました。今 YouTube チャンネルにアップ完了。大仕事が終わりました。極めて個人的な内容なので限定公開としてありますが、このリンクからはご覧になれます。五百五十日の生活を全編二十五分の映像にて、私、座間一郎の生きざま（笑）を綴《つづ》っております。さあ新年、気持ちを切り替えて、まだ奇跡の航海は続きます。どうぞ本年もよろしくお願いいたします。

YouTube のタイトルは、「二〇二一〜二〇二二　病気の告知から一年半、闘病とリハビリの映像記録」だった。

「年を越せるとは思わなかった」

と父が書いた。初詣を誘ったが、あまり調子が良くないと言う。それでも季節行事だからと、車で向かった。だが、あまりにも人が並んでいたので帰宅した。毎年、家族で散歩がてらに通った氏神様。もう歩いて通うことはできないのだろうか。

父は、翌日の箱根駅伝を心待ちにしていた。Facebook のプロフィールを、立教ユニフォーム姿の自分に変えた。かわいい、と思った。さて、翌二日。待ちに待った箱根駅伝。私の青山と父の立教対決だ、と盛り上がる。

一月二日。

今年は沿道応援が可能とわかり、駅伝スタート地点まで奥野さんが連れていってくださった。奥野さんは父の自動車部の後輩なので、立教タオルを首に巻いていた。私はもちろん母校のジャージ。沿道はにぎわっていた。久しぶりのリアル応援で、周囲に高揚感があった。父も一緒に連れてきてあげたかった。選手たちは一瞬で通り過ぎる。マラソン選手の走るのが速いこと速いこと。

箱根駅伝。立教大学創立一五〇周年記念プロジェクトの中で、一つの目標であった箱根駅伝出場。五十五年ぶりの江戸紫色のRのゼッケンが復活しました。OBとして、アドマンとして、母校の周年事業のロゴやスローガンのサポートをした私にとっても特別な箱根駅伝、今この瞬間を体感していることに感無量です！　一方、娘は連覇を目指す青山学院大学。現役高校生で、スクールロイヤリティーの高い娘は早朝品川沿道まで行き、走り去る選手を応援してすでに帰宅しています。立大自動車部の後輩、奥野恵子さんが、私の代わりに同行してくれました。ありがとうございます。あ〜〜良い正月を過ごせて幸せです！

スポーツは人の免疫をアップするとあらためて確信した。私は沿道で応援したあと、取って返し、テレビ前で父と応援合戦を楽しんだ。

「令和五年元旦　兎年　覚醒と跳躍の年にしたい」

父の投稿は力強かった。

一月五日。


お正月に観た映画紹介です。Netflix「Return to Space」二〇二二年制作ドキュメンタリー映画、民間宇宙旅行に挑むイーロン・マスクとスペースXのエンジニアたちを追う内容ですが、後半の国際宇宙ステーションの飛行士たちの船外活動は多分実写であり素晴らしい映像でおすすめです。今から六年前、二〇一七年正月に、娘が朝日小学生新聞の特派員記者としてロサンゼルス、ホーソンにあるスペースX社を見学できる絶好の機会を得て、家族で訪問させていただきました。厳重な秘匿体制につき、内部の写真は撮れませんでしが、この映画に出てくるロケットエンジン組立中（手作業でした……）や工場内のシーンはとても懐かしい。仲間と行ったロスの行きつけのお寿司屋さん「しぶ長」のシゲさんも一昨日年賀メッセージをいただいたのでご健在です。シゲさんのお寿司もう一度だけ食べたい〜。私たち夫婦にとってのセカンドホームタウンのロサンゼルス、人生の中でも五本の指に入る家族旅行での思い出の一つです。

叶わない夢を書かれると私たちは胸が痛かった。六年前、誰が父の今を想像しただろう。箱根駅伝を観ることが目標だった父。私たちは、

「次回は梅、それから桜だね」

と叶いそうな近い未来を話して鼓舞をする。発病前は「何年も先」の夢を普通に語ることができた。去年は「来年」を語るのがやっと。今は、「来月」を語ることが精一杯だと父は言った。やがて「来週」も「明日」も語るのが厳しい日が来てしまうのか。考えたくなかった。毎日、訪問してくださる近藤先生と母が面談する。段々機能が落ちてきていること、癌細胞が恐ろしい勢いで増殖していることを説明される。それでも、父が強靱《きょうじん》な精神力で耐えていることには敬服している、とも言われた。母はなすすべがなかった。無力とはこういうことを言うのだろう。これだけ医学が進んでいるのに、なぜ誰も父を助けられないのか。免疫治療はどこまで効力があるのか。

父が、

「年を越えられたら、新しい刀を買おうと思っていた」

と、以前より軽い刀を取り寄せた。無邪気な子犬のように、はしゃぐ父。

十一月以来、薬を飲む以外、経口から物を入れられない父だったが、どうしても口さみしかった。胃から出血しない程度に、時々コーヒー牛乳を少しだけ、を医師の許可で楽しんでいた。気功の帰りにコンビニに寄った。徐々に、足のむくみがひどくなってきており、散歩も負担になってきた。

一月十九日。

ちと近所の病院まで！　（長文でちと暗い話題あり）と言っても患者ではなく、徒歩二分で、病院内のナチュラルローソンに買い物に来ました。在宅介護訪問治療の現在の主治医から、終末期の癌患者さんの毎日の暮らしの目標は次の三点と言われ、いろいろなトラブルに対症療法をしてくれます。1、痛みをモルヒネ薬剤でコントロールしながら夜よく眠れること。2、昼間はテレビを観たりしてゆっくり過ごせること。3、近くのコンビニに買い物に行けること。十一月三十日に自宅療養がスタートしてから、本日三番目の目標を達成できました。これまでご報告のとおり、昼間のアクティビティーは一部医師にも報告しており、座間さんの気力は凄いと褒められておりま す。しかし実際のところ、全身に転移している腫瘍のシコリは少しずつ目立って大き くなっているのと、今週も鍼灸《しんきゅう》の治療で背中に大きくなった腫瘍を発見、また新たに 上半身中心に多数出現してきているのは事実で、免疫で抑え込むのは必ずしも有効に 働いていない模様です。そんなことがきっかけで、昨夜半は寝始めで闇というか dark side が押しよせてくる感覚に思わず涙が出て参りました。この一年半こうした 気持ちのアップダウンは何回もありますしなんとか乗り越えてきましたが、実際に腫 瘍が拡散していくのを目の当たりにするとやはり滅入りますね。でもその後五時間ほ ど連続してよく寝れたので、朝は快調で、ダークサイドの妄想を切り捨てるためにも、 主治医と約束した三つ目の暮らしの目標にあえてトライしたわけです。普段はネガテ ィブなことは言霊になるので記載しないのですが、これも私の生きる証しなので正直 に日記として掲載しておきます。本件コメント難しいと想像しますので無理に励まし のお言葉とかいりません。

必死の投稿が増えた。特に、一心不乱に刀の手入れする投稿が気迫を感じた。生きているうちに、と家の外壁修理もスタートした。塗装のにおいでひどく頭痛がしたが、父は持ち前の細かさで工程表と作業のチェックを細かくしていた。現場監督には筆談で希望を伝えていた。

「船もそうですが、建物もメンテナンスが大切。今回の防水、外装再塗装で次の十五年、娘に引き継ぎます」

約一か月間、修繕はかかり、その間、留守番だった父。しかし、自分が生きているうちに私たちに「引き継ぐもの」を考えていたのだろう。部屋の整理も少しずつ始めていることに私たちは気付いていた。ヨットの雑誌、古い服。ゴミ袋が部屋の前においてあり、母が黙って捨てにいった。父の楽しみはもうテレビを観ること、過去のビデオを編集すること、刀の手入れのみとなってきた。相撲、野球は勇気が出る、と時間があれば観ていた。

孤独に一心不乱に刀を手入れしている姿は、神々しかった。本当だったらセーリングへ行きたいだろう、と声をかけるが父は体力に自信が無いと言った。だが、近藤先生も脱帽する、と仰るくらい、父はまだまだ精力的だった。一か月生きられた、とまとめを投稿する。

一月三十日。

ポカポカ日差しです。気温は低いのですが、太陽が燦々《さんさん》と降り注ぎとても暖かい昼時、本日は防水シート工事も休工なので久しぶりに屋上に出られ気持ちよかです。一月末を迎え、この三か月を振り返ってみました。私にとっては節目となる十月中旬に多発転移が診断されても、毎日居合刀を振り、たまに自転車で多摩川へ、そして食事も流動食を三食摂って、ダメージを受けた気持ちを鼓舞する意味でも身体を動かしておりました。転機は十一月十八日（金）の緊急入院。これですべてが変わった。今までの転移はリンパ節系だったが、血管を経由して胃の内部に転移した癌から出血、止血と輸血で一命は取り留めたが、もう二回目はない。今後は処置できないと主治医に宣告され、三週間の入院生活からさっさと退院して、自宅療養の道を選択したのが十二月一日。優れたホームドクターに出会い、薬や適切な処置をして頂いていることで、当初はいろいろ起こりましたが二か月間まさに生き延びてきました。医師と家族そして自分の選択に感謝！　でも胃に出血の恐れある爆弾があるので、胃ろうも作れず、唯一の選択は左鎖骨下から太い血管にカテーテルを入れた中心静脈で、すべての水分栄養を二十四時間チューブで入れるという生活に大転換となりました。夜の半身浴の際に、自分でコネクターを外す許可をもらったのでそれが唯一チューブから解放されるひとときです。何も口にしない、基本喉の渇きは口ゆすぎだけなのですが、朝の薬をとかした水、そしてゴマ麦茶は毎日朝晩１００㏄ずつ飲んでいます。さらにここ最近、高千穂コーヒー牛乳を少し温めて、これも１００㏄だけ飲めるようになりました。実際にはきちんと飲み込めず30㏄くらいは吐き出しています。乳製品は喉の奥に張り付き、また気管から肺にも少量流れ込むので、むせながら吐きながらという難行でもありますが、それでもコーヒーの香りと少しの甘味が至福のときです。今のところお腹の爆弾はダンマリなのでこの量を上限にして騙《だま》しつつたまに飲んでいます。ＴＶは料理番組が多いので出ると消しますがそれでも、美味しいものを食べている夢は未だによく見ます。十二月初旬は箱根駅伝テレビ応援できるのか？　ひと月先でさえ全く見通せなかったのですが、皆さまの応援で年を越せた。ほんとうにありがとうございます。口から何も摂らないので、体重も減り身体全体の脂肪がなくなったことにより、腫瘍のしこりはかなり目立つように発育、鏡を見て確認すると愕然《がくぜん》としますが、免疫療法、鍼灸治療、気功、水素吸引、プラス毎日の軽い運動というやれることはすべてやり尽くすことで、癌の進行を少しは遅らせているのではないかと思います。このところ、腫瘍が神経と触れているのか、あちこち痛みが増えてきて、正直なところ二か月先の予定を立てることはできません。しかしながら、毎日を精一杯大事に暮らしてきたことで気が付いたら自宅療養も二か月たったように、無理せず着実に少しずつやれることに挑戦して、今までどおり、「一歩前進」の境地で行きます。令和五年、一月末を迎えるに際し、絶食という大転換をした三か月間の振り返りと明日の抱負まで。今日は久しぶりに参加する、会社の経営会議です。

トレーニングを欠かさなかった父だが、段々と動けなくなってきた。代わりに、Facebookに驚くほど長く、居合、ヨットの話を書くようになった。中でもかつてグアムレースに出た投稿は圧巻で、父の人生の中で大きな経験を占めているのが伝わった。私は若かりし父のことを知ることができた。偉大な父だと心から思える内容だった。これを「語って」欲しかった。文を読めば読むほど、段々と「遺言」に思えてきて、どの文を読んでも胸が苦しくなった。あまりの長文に娘の私もやや辟易するほどだが、父のヨットの原点がここにある。私は父の思いを引き継げるのか。

そんな折、父の胃が痛みだした。再度出血したら命とりである。近藤先生に連絡をして指示を仰ぐ。夕方いらした先生は、心配がないと言う。内臓は見えないだけに心配が尽きない。本当は癌が進行しているのはわかっているが、先生に「大丈夫」と言われると、不思議と安心する。父を喜ばせようと偶然見つけたヨット映画を教えると、父は早速観たらしく、興奮していた。折しも実話で私と同年代の女子セーラーが世界一周をする映画だった。

二月八日。

先週Netflixでリリースされた実話をもとに作られた映画。「トゥルー・スピリット」ピンクのヨットで単独無寄港マリーナ世界一周を成し遂げた十六歳、オーストラリアの少女ジェシカ。先天的な病気を克服しつつ、家族の愛に包まれ、本人の不屈の精神「私はできる」を胸に〜。素晴らしい航海を達成します。実は娘に教えてもらい、日曜日に一気に観ました！　勇気と元気をもらえる素晴らしいストーリーでお勧めです！

私と同じ十六歳で世界一周という偉業。彼女の不屈の精神は父に勇気を与えた。

二月十日。雪だった。免疫療法の日。母は運転に自信が無くタクシーを手配。私は一泊のクルージングでもつらい。ジェシカにはなれないが、デイクルーズであってもヨットは乗り続けていこう、と父の背中に誓った。

次の免疫療法の日は雪だった。さすがに母は運転ができない。かといって公共の乗り物に父を乗せられない。

雪の中タクシーに乗って、二週間に一度のペースになった、免疫細胞療法！　採血した自分の血液をライブで培養増殖させているので、タイミングをずらすことはできないまさに最新の細胞再生医療系でのお話。三十億まで培養技術で育てられたガンキラーのＮＫ細胞が再び血液に戻されて、本来血液内にある他の細胞も目覚めさせて、癌の進行を遅らせている効果は間違いなく出ていると思います。何せ年を越すことができたこと。まぁ日々いろいろありますが、貧血の身体で採血し、こうして治療を受け続けていることが奇跡に思えます。全く予断は許しませんが、毎回付き添ってくれている妻やクリニックのスタッフの方、そして永峯先生の毎回のアドバイス、みなさんに感謝しております。帰宅中から副反応で激しい震えが来て家ではこの後39度近くまで熱が上がりますが、そこはきっと効いていると信じて、耐えております。クリニックから見えるレインボーブリッジも雪で霞《かす》んで見えてますが応援してくれています。最後の写真は先日の靖国刀。プロの柄巻き師の職人の仕事はさすがに綺麗です。眺めて鑑賞したりすることが、今は私の心の拠り所でもあります。

副反応はつらかった。がたがたと震えるとはこのことだ、と全身悪寒で苦しむ。しかし、翌日は驚くほど軽い。効果があると父は信じた。そして、捨てきれない夢を語り続けた。

二月十一日。

　東京では心配するほど降雪せず暖かな一日が始まりました。今日は私の夢（まだ現在形です）をご紹介します。

　この場を借りて若い頃からのヨットの経験についてはお話ししてきましたが、今から四年ほど前の春に来日しているボブ仙道（カナダ在住）さんというヨットマンとたまたま知り合いました。これが運命の出会いとなるのですが、その年の二〇一九夏に瀬戸内海の広島から尾道、直島までを三艇のヨットで（オランダ人女性たちグループと共に）このクルーズ&ラーン（楽しくクルーズしながらセーリングライセンスも取得する）企画に参加し目が開きました。以来こんな素晴らしい世界があるのだと気付き二〇二〇年冬カナダバンクーバーでの上級ライセンスをこのC＆Lで取得しました。数年前からリタイアしたら家族と地中海でもクルーズしたいなと漠然と妄想していましたが、カナダでの大自然の中をクルージングしてボブと船内生活したことがこれからの人生について深く考える機会となりました。この素晴らしきクルージングの世界を多くの人に広めていきたいと強く思うようになり、すぐに二つのことをやりました。（1）NPO法人ISPA japanの理事となり世界では当たり前のこのクルージングライフスタイルを日本でも普及していくこと。（2）若い人たちや女性を中心にセーリングの楽しさを伝えていくために、セーリングの指導資格であるインストラクターになること。この二つをコロナ禍ではありますが、二〇二〇年に達成して、二〇二一年には発病しておりましたが、成人四名と中学三年生四名をセーラーとして浦賀のスクールで教えて、現在に至っております。今日は私が現在所属しているISPA japanの活動（HP）と世界のネットワークを有しているセーリングスクール（こちらの所属インストラクター）。添付の動画は私がライセンスを取ったクルーズ＆ラーンについて説明していますので世界のクルージングエリアぜひご覧ください（定型化された海外旅行と比較しても安価でカスタマイズした美しい旅、そして何よりも素晴らしいのは家族や友人との船上生活が約束されます)。

ご存じのとおり病気療養中につき今はまだ、海の現場には出られませんが、陸の上で活動をサポートしていきます。そして何よりもこうして私の夢を皆さんに語れる心境になったことが大きな前進であります。

父を何とか海に連れていってあげたい。母は何度も誘ったが、父は海まで一時間の距離を車に乗る自信がどうしてもなかった。だが、ヨットに乗れなくても海を見れば元気が出るのでは、と提案した。最近は癌が至るところに増えていた。特に原発巣の口内はかなり環境が悪化。唾液が溜まり、息が苦しくなることが増えていた。

二月十九日。点滴台があるため、少しでも広いスペースを確保し、助手席を前に引いて後部座席に座る父。なんとか海に向かって出発したものの、父は座っていられなくなった。最初のサービスエリアで降りたいと父が騒いだ。慌てて高速を降りる母。ユーターンするには道が複雑で迷っていると、父がいらいらした。しゃべれないので、手を激しく振ったり、ボードにがんがんと書いて振り回した。母はよそ見になるため、後部座席から差し出されたボードを見ることができない。そこで父は余計いらいらする。母は事故を起こせないわ、父が疲れて不機嫌だわ、道はわからないわ、で汗が噴き出した。ナビに従い、ようやく高速の入り口を見つけ、また最初のサービスエリアで休憩。父が口をゆすぎたいと言うので待つ。しかし、トイレの洗面所が汚くて口がゆすげないと不機嫌に戻り、もう母としてはどうしてあげることもできない、自分が海に連れ出してしまったことを後悔するしかなかった。

あえなく断念！　海は遠かった～の巻。

週末気温が上がる予報だったので、満を持して妻の運転で横浜ベイサイドまで。前夜から睡眠時間も無理やりに八時間ほど確保し、体調整えて車椅子も積んで、妻の運転でいざ出発。しかし……二十分経ち第三京浜マリーナ北インター手前で中止。原因は、手術で失った舌の筋肉のせいで、このところ特に喉の渇きと逆に溜まる唾液の処理が厳しくなりつつあり、鼻がつまり口呼吸になると酸欠っぽくなるのです。車に酔う感覚も出てきて戻ることにしました。マリーナ北インターでＵターンして第三京浜都筑ＳＡのトイレで口腔ケアするべく立ち寄りました。ところが、トイレの洗面台の水は口に含んだり口腔ブラシを洗うには汚いため断念。行ってみないと気が付かないことがありますね。戻って自宅で立て直して、急遽天王洲の気功の先生へ行き、エネルギーを注入してもらいました……しかし治療でさらに疲れたのか、呼吸問題に加えて先日来の胃痛が加わり自宅で静養モードへ。医療用麻薬ショットと胃のお薬で何とかセトルダウン。もともとベイサイドマリーナへは、タッチアンドゴーで滞在三十分で海見て帰る予定でしたが、まだまだ体力的には厳しいことを痛感しました。でもグッドニュースは、妻に勧められて、トライする気持ちが自ら出たこと。自分を褒めつつ、春一番の風を感じた日ということで記録しておきます。

Facebookだけを見れば前向きだが、実情は闇の中で悶える感情が爆発していた。だが今にしてみれば、この頃はまだ体力もあった。竹刀を手入れして振ったり、ビデオを撮ったり。余裕があった。全身に顕著に癌が見え、からだがでこぼこしていて、毎日入浴を手伝っている母が、

「あきのには見せられない」

と父の身体の様子を伝えてくれた。顔も形が変わっている。全身もそんなことになって

いたなんて。私は頼まれても父のそんな姿は見たくなかった。だんだんと機能が落ちていく父。

「梅が見られてよかった」

としみじみ言った。すかさず、

「桜も見よう！」

と母が言うと心配そうな顔をされてしまった。そして決定的な事件が起こった。

二月二十一日。

父は十一月から点滴だけが栄養剤になり固形物を食べていない。入院中の十一月十七日が最後の排便だった。しかし、細胞壁がはがれるため、水分しか摂っていなくても排便はあるべきらしい。時々腹痛がする、と言っていたが、排便には至っていなかった。何か月もなくて平気か、の問いに近藤先生はゼロということはない、と浣腸をした。しかし、腸は動かなかった。

明け方四時半。激しい腹痛。インターホンで母を起こす。ベッドの上で悶絶《もんぜつ》する父。トイレに行きたいと歩きだしたが、間に合わず排便。なんとかトイレに連れていき、座らせて排便。しかし、貧血を起こし、床に自ら横たわる。先生に連絡しようとするが、待ってほしいと言われ尊重。また排便。貧血で横たわる……と何回繰り返したか。その間、母は汚れたベッドの対応をし、きれいなシーツを敷き直す。ようやく落ち着き医師にも連絡。このときの排便は液体状でまだ対応ができた。父は何度も謝った。近藤先生は、急に大量の排便があったので貧血を起こした、と説明をしてくださった。いよいよ父の体力は限界に近付いてきた。

二月二十五日。

昨日は、二週間に一度の治療の日。八回目となり、採血と投与で九十分ほど居ます。帰りは車椅子ですが、行きは歩いてクリニックに入れるようになりました。ラボで増殖した自らのＮＫ細胞は癌の進行を遅らせていることに貢献していると感じてますが、同時に発熱、悪寒の副反応もあり昨晩はつらい時間を過ごし朝もまだ微熱が残っておりますが、夕方までには平常に戻ると思います。

書くことで自分に言い聞かせ、納得させようとしていた。「癌が増えてきた」と頭の後ろに出っ張ってきた腫瘍を気にした。ただでさえ眠りが浅いのに、枕にあたり、痛いらしい。背中は見えないが腰に転移した腫瘍も当たるらしく、寝る体勢でさえ厳しくなってきた。ひな祭りが近づいてきた。今年も七段を飾る余裕がなかった。

二月二十八日。

先週妻が飾ってくれたお雛様。今年も七段飾りの省略版でお二人に代表してもらいます。娘は学期末試験で連日頑張っておりますので、御見守りくださいませ。

父は自分も見守って欲しかったに違いない。仏壇の横にあるひな壇に手を合わせていた。続くFacebookも痛々しかった。

ちょうど四年前今日。New YorkのMaloney Porcellのステーキとワインは最高でした。私をロスのオフィスに出向させてくれたパートナー側の大恩人であり戦友、そしてゴルフ友達でもあるTom Carroll. 初めて彼に会ったのは一九九九年あのG氏への大プレゼンで、オフィスに籠って欧米日チーム協働で毎日分厚い企画書作ったこと。そのときは、東銀座のフグを食べ日本酒呑んで大いに語ったなぁ！　この手の記憶はなぜか食べ物のことばかり思い出す今日この頃です。腹減ったので、ポカリスエットで喉を潤します。

どうしてもう食べられないのに、あえて料理のことを書くのだろう。父がNetflixやNHKしかテレビを観ないのは、CMが無いことだ。テレビを観ていると、どうしても食品の広告が入る。それがたまらなくつらいのだそうだ。人にそのつらさはわからない。それも父がいらいらする理由だった。

我が家は日当たりを考えて、二階にリビングがある。父の部屋は一階なので、リビングに設置した水素吸入には階段を上らないといけない。階段に上る気力があるかないか、は大きなバロメーターだった。

三月六日。

午後になって晴れてきたので、水素吸入で二階に移動！　ベランダも屋上と同じ床材に替えたので綺麗に仕上がりました。昨日、猫のみー太は久しぶりにこのベランダに解放されたのでご機嫌です。今日は雨が降ったので出しません。

猫のみー太こと、みーちゃんは、保護猫で最初は祖母の家で飼われていた。祖母の入院が長くなり我が家に引っ越してきたのだが、まるまる太り八キロを超えた巨体猫。父が好きで父がテレビを観ているとき、そばでなでられるのがたまらなく好きだ。母が会社に、私が学校に行っているときは、父とみーちゃんの二人きり。そりゃあ、仲良くもなる。他の家族がいてもみーちゃんは父にすりすりすり寄る。父はチューブにいたずらされないか不安だったが、みーちゃんは賢かった。父もみーちゃんがいるおかげで寂しくないと可愛がった。

三月は暖かかった。父も元気を取り戻し、数分だが散歩にも出かけた。点滴で管だらけになっているとはいえ、つい数か月前まで自転車で走っていたのだから、体力の衰えは顕著だった。ちょうど、野球が盛り上がっていた。大谷翔平の活躍に感嘆し、「勇気をもらえる」とテレビの前で応援した。

だが、ずっと同じ姿勢でテレビを観ていたことと、臀部《でんぶ》の筋力の衰えが重なり、尾てい骨のあたりが青あざになりはじめた。褥瘡に広がらないようにと保湿クリームを塗る。

癌の広がりや、浮腫のひどさを見て、母はまたアコさんに来日するよう頼んだ。アコさんは自分の両親の死に目に会えず、ビザの関係で父親の葬儀に出られなかった過去がある。

後悔しないように、と日程を相談した。ちょうど私が出席する行事が北九州であり、母と一泊しなければならない日程に合わせて帰国してくれることになった。

三月十三日。

妹が、マリブから来てくれています。娘と妹の赤ちゃんのときの写真はそっくりでしたが、今はだいぶ違いますね！　二人はこのポカポカ陽気で、二人で出かけて行きました。

僕は寝ている姿勢と椅子に長く座っているので尾てい骨の骨と肉の減ったところが、青あざのようになっている。褥瘡に繋がらないように保湿クリームを塗って対策開始！　このところ動いていなかったので、気を入れて少し運動しなくちゃ。

アコさんはヨガの先生もやっており、知識が豊富。マッサージもうまかった。父は大喜びした。

母と私はアコさんにお願いして北九州に向かった。家を空けた明け方。再び、事件があった。前回の事件からおむつに変更していた父。再び激しい腹痛があり、自力で便座に向かった。が出ず、ふたたび貧血で動けない。アコさんをインターホンで呼ぶが起きてこない。横たわる父。声も出ない父はなすすべがない。半分お尻がでたまま横たわって、ドアを思い切り叩いてアコさんを起こそうした。ばんばんばん、どんどんどん。アコさんは気付かない。時差もあり疲れていたのだろう。ようやく物音に気付いたアコさんが駆けつけると、パンツをおろしたままで、父が床に横たわっている。アコさんはもうそれはそれは驚いてしまった。尊敬する「兄貴」のそんな姿をいつだれが想像しただろう。対応してベッドに寝かせ、落ち着かせる。次に母にＬＩＮＥをして状況を伝えた。アコさんは相当ショックだった。母が前回の様子を伝え、近藤先生へ連絡するようお願いした。アコさんは父に献身的なマッサージをしてくれた。

自分の娘にしかマッサージはしない妹ですが、昨日は私の内臓の調子を整えるべく、妹にリフレクソロジーをしてもらいました。早朝私の体調不良で、医師の緊急往診、その後なんとかリカバリーして、夕方この妹のリフレで復活しました。妻子は北九州での表彰式と京都へのツアーにて不在だったため、一人だと医師も呼べずのところ本当に助かりました。敦子ありがとう。

アコさんは今回は長く滞在することができず、すぐの帰国となった。さみしかった。父を元気づけたのはやはりスポーツ。侍ジャパンの優勝。

三月二十二日。

最高の舞台！　サムライジャパン、優勝おめでとう！　そして感動をありがとう！

そんな折、美容院の店長さんが、父の心配をして出張で髪を切りに来てくださると提案してくれた。父は大喜び。大きなレジャーシートを敷いて、カットをお願いした。

三か月ぶりのhaircut!　長年家族でお世話になっている自由が丘NOVの森川さんに自宅に来てもらいカットしました。妻に連れていってもらうつもりで予約したら、家に切りに行きますよとのありがたいお申し出にてお受けしました。彼は俳優のヘアメイクもしているので、ロケ先に来る感じでちゃちゃと切ってくださいました。ほんとありがたや〜。午後は、気合い入れて、自宅近所をツーブロックほどゆっくり散歩。近所の病院の桜はまだ二〜三分咲きでしたが、たくさんの花に出会いました。春になりました。

人の優しさがこれだけ人を元気にする、という事実。そして、

「桜が見れるとは思わなかった」

と噛みしめる父。私たちはこれから藤の花もひまわりも見て欲しいと願った。父は足のむくみがひどくなり、毎日マッサージを呼ばないとつらい状況になってきた。マッサージを一時間しても、三十分後には、またぱんぱんにむくむ、の繰り返し。お尻の青あざは褥瘡になってきた。医師に教えられ、テープを貼ったり、薬を塗ったり、座布団を敷いたり、いずれも効果は無く、褥瘡は広がりつつあった。しかし、深刻なのはむくみ。脚全体が本来の倍くらいに腫れあがってきた。

父を元気づけようと、私は来るボートショーのＩＳＰＡブースのボランティアを父の代わりにやることを申し出た。タイガーとロッキーも来てくれた。ＩＳＰＡのＴシャツを着て、ＩＳＰＡを売り込むお手伝い。ロッキーは二日目も手伝いに来た。父はヨット界ではそこそこ名前を知られているらしく、私の顔を見た人々から、

「お父さん元気？」

とか、

「初めまして。いつもお父さんのFacebookでお顔を拝見しているよ」

と何人にもお声をかけていただいた。中にはわざわざ差し入れを持ってきてくださる方もいて、父の交友関係の広さに敬服した。食欲があるロッキーと取り合いをしながら、差し入れを食べた。

白石康次郎さんの講演があり、私たちは挨拶に行った。渡辺博さんが、白石さんと話す時間を取るから、と特別に舞台裏に連れていってくださった。白石さんは父の病状を気にしてくださり、父へのビデオメッセージを録画させていただいた。ロッキーは白石さんのチームに入りたいと、練習を誓っていた。帰宅してそんな報告をすると、父が嬉しそうに投稿した。


三月二十六日。

嬉しい報告！　２０２３ジャパンインターナショナルボートショー。あいにくの雨模様で屋外の横浜ベイサイドマリーナは残念ですが、横浜パシフィコの会場は多くの人が来場しているようです！　今年は私の代わりに娘が二日間もＩＳＰＡと帆船「みらいへ」のブースでボランティアしてくれています！　私の気持ちを察して娘が積極的に代役を務めてくれていることそして裏でサポートしてくれている妻由起子にも感謝です。私の分のチケットで弟子のボーイズ二人（高校一年生のデイスキッパー）も金曜日両会場を見学してたくさんの刺激を受けたようです。ロッキー君は今日もパシフィコへ来てくれて耀永のボランティアを手伝ってくれております。妻が白石康次郎さんにロッキーくんを紹介してくれてこれでネットワーキングもバッチリ。ヨットに初めて乗せた二〇二一年夏は彼らはまだ中学生でしたから、浦賀でライセンスとらせて、二〇二二夏はカナダのトレーニングにも行き、ボーイズは今年もさらにカナダで上級のライセンスに挑戦し、娘も数日のみ同乗します。彼らに機会を与えることで、多くの海のレジェンドに引き合わせることもでき、若きセーラーとして育ちはじめていること私としては何より嬉しいです。数年前にヨットクルージングの世界の普及と若い世代のシーマンシップトレーニングを生涯の仕事にしたいと思ってから、残念ながら闘病生活となり、満足に身体を動かせなくなりましたが、家族や多くの海の仲間たちに絶大なるサポートをしていただき、その夢が少しずつ形になりつつあり、今の私の生きがいでもあります。

こんなに喜んでくれるとは思わず、親孝行した気分で私も嬉しかった。ISPAの大人たちも「若者が手伝ってくれると活気が出る」と声をかけてくださるので、やる気が出た。小三の頃から私が何となく嫌々ヨットを続けているのを知っている理事であり、医師の本多先生ご夫妻も、

「あきのちゃん成長したねえ」

と声をかけてくださる。本多先生のご子息二人はジュニアヨットで一緒だったが、二人とも卓越したヨットの技量がある。本多先生にそう言われると、少し恥ずかしかった。それでも、父がやろうとしていたヨット普及活動に少しでも貢献できたと思うと、自分自身が誇らしくもあった。

三月二十九日。

家で勉強が集中できない私は、外に出かけるついでに、父と少し散歩をした。ちょっと一緒に外に出ただけなのに父が大喜びした。父との写真。またFacebookに載せられるのは抵抗がある。だが、親孝行、と言い聞かせた。

幸せなとき！　宿題やるために外出するという娘とワンショット。

少し体調悪く、しばらく家に閉じこもっていたので久しぶりに家の周りを一人散歩！　近所の病院の桜満開に間に合いました。

だが、父の脚のむくみは容赦なくひどくなり、膝を曲げるのも痛々しくなってきた。

四月四日。

晴天の春！　ここ二〜三日ほど、足全体のむくみと細切れ睡眠による寝不足で自室と洗面所の往復で、文字どおり部屋に引き篭もっておりました。しんどいながらも、太陽を浴びよう。

投稿とは裏腹に父の外出は段々、減ってきた。せっかく春なのに、と母が促すが、むくみがひどく引きこもりがちになってきた。それに伴い、お尻の褥瘡が膿《う》みだした。細菌感染は命取りになる。近藤先生からも注意を促され必死に消毒、薬の塗布をする。携帯で傷の大きさを写真に撮り、毎日父に見せ、注意喚起をしながらケアを継続した。尿の出が悪くなり、むくみが悪くなると、またカテーテルを入れる。しかし、管は痛くてストレスになり眠れない。また抜いて、を繰り返した。終末期患者へはひたすら対処療法しかない、と事実を目の当たりにし、何ができるのか近藤先生と相談する。先生は優しいが、同じ答えしか返ってこない。画期的な医療はないのだろうか。イライラもするし、むなしくもあり、切なくもあった。毎日、祈ることしかできない家族はこの先どうすればいいのだろう。だんだん、二階のリビングにもあがってこなくなった父。一緒にテレビを観よう、と声をかけると、

「みんなが、食べたり、水を飲んだりするのも見るのが苦痛になってきた」

「足が痛くてあがれない」

弱気になっていく父をどう励ませばいいのか。どんな言葉もきっと父には届かない。私は笑顔を絶やさないようにしたが、時々涙が堪えられなかった。どうしても、

「なんでパパが」

「どうして我が家が」

がぬぐえない。私はまだ十六歳。まだまだ父と一緒にやりたいことがあるのに。

四月八日。

昨日は、二週間に一度の治療で竹芝エリアのクリニックへ。NK細胞増殖のため、採取する私の細胞自体四か月前に比べてとても良好な状況にあると医師やスタッフには言われておりますので少なからず効果があると信じています。天気は大荒れで、大島行きの東海汽船も強風で運行中止の可能性が出ておりました。今週は前立腺肥大に伴う圧迫から尿の排出が悪く、足がむくみ水曜日に尿管入れてみました。しかし管が痛くて厳しいので二十四時間で抜いてもらいました。ホームドクターの見立てでは、両足の付け根のリンパ節を腫れた腫瘍が押していること、それと歩かない状況が続いているので、足からのリンパの戻りが悪く毎週のリフレクソロジーでブヨブヨに膨らんできた足の老廃物を一旦は綺麗に流せるもののすぐに元どおりになってしまいます。自分でのマッサージと加圧のストッキング穿いて、青竹踏みやカーフレイズアップ（踵上げ運動）などできる対策は気合いで毎日しております。夜は細切れ睡眠しか取れず、寝不足も深刻な問題にて、昼間は頭痛もありこのところ少し落ち込んでおります。今日はAmazonプライムで那須川天心のボクシングデビュー戦があるので、観るのが楽しみです！

父と父の部屋で天心くんを応援した。部屋に私が座るところがなく、小さな椅子を運んで、父のパソコンを二人で覗いた。声が出ない父だったが、心で応援の声を出しているのが伝わった。尚弥もかっこいいが天心くんもかっこいい。父と盛り上がった。

四月九日。暖かい日だった。ふさぎ込んでいる父を無理やり誘って、母が近くまで散歩に行った。

妻の勧めで外散歩！　モバイルセット（点滴を一式入れるリュック）が3キロほどあり、肩に背負って一人で歩くのはかなりキツくなった。それもありこのところ自室に引き篭もっている私を妻が外に出ようと推してくれて、片道３００メートルほどの散歩道を車椅子を押しながら、帰りは乗せてもらいながら出かけました。ありがとう由起子。気分転換になりました！

船の仲間は、桟橋の俵フェンダーのセットし治しという結構大変な作業を皆の共同作業で実施してくれました。私を励ましてくれるバンデの旗と海賊旗が綺麗にはためいている写真も送られてきて仲間の優しさに感動！

至るところに色とりどりの花が咲き始めた。

「もうこうやって外に行けるのもわずかかも」

呟く父を叱咤激励する母。後ろ姿はすっかり小さくなり、がっちりしていた父の肩から筋肉が消え、骨だけが際立った。頭にも首にも明らかに腫瘍がぼこぼこ見える。免疫療法は効果があるのだろうか。母は、家族三人で過ごす時間を増やさないといけないと焦っていた。

四月十六日。

三人で散歩に出た。


家族三人で散歩に出かけました。

ばあばの家の黄色のモッコウ薔薇《ばら》がなかなか綺麗です。この三週間寝不足にて苦しんでおりましたが、金曜日に睡眠導入剤を飲んで寝たら、一回あたり四、五時間の連続睡眠が取れその後も三時間ぐっすり眠れました。久しぶりにまとまって寝れたのは幸せです。効きが良いので昨晩は眠剤半分に調整して寝たのですが、割とぐっすり休むことができました。ところが二日目の朝起きても頭がぼーっとして、座って目を瞑《つむ》ると直ぐに寝落ちてしまうのです。ＴＶや映画観ても瞬殺で、麻薬系の静注点滴と新たな眠剤を掛け合わせたことによる副作用で昼間に新たな課題です。シーソーのように、こちら立てるとあちらが立たぬですね。脚のリンパの漏れによるむくみはかなり甚大にて、靴履いて歩くと痺れるようになりました。これもなんとか解決していくべく努力します。少しの時間ですが、家族で良い時を過ごしました！　今日一日に感謝！

三人で写真を撮った。これが実質、最後の家族写真となった。黄色のモッコウ薔薇が咲き誇っていた。私はこれから毎年、この黄色の花を見る度、車椅子でおだやかに笑っていた父を思い出すだろう。

眠りが浅くなり、痛みも増してきた。近藤先生に相談してオピオイド（麻薬）を増やした。眠れた父は喜んでいたが、日中、ふと気が付くと気を失っている。父も痛みの緩和には効いたが、日中でも気を失うことに危機感を感じていた。

四月十八日。

八時間の連続する大睡眠！　記憶には定かでないですが二年ぶりくらいの連続する睡眠です。先生に処方して頂いた睡眠導入剤半分にしてこの効き目。実際この後二時間をプラスで寝たのでトータルは十時間です。とてもハッピーなはずですが、こんなに寝たのに、頭がぼーっとしていてスッキリしない。薬が抜けないのか？　午後はTVを観るためにこのソファに座ると気を失うように落ちます。慌てて起きてまた落ちるの繰り返し。仕方ないので屋上にでたり、踵あげ運動したりと動いていないとダメなのです。読書も速攻の睡眠薬だし、さてどうしますかね！　とりあえず水素吸います！


日常生活に支障がある、と先生に頼んで、オピオイド量をまた減らしてもらう相談をする。先生は計算の上微妙に減らしたが、母が注意された。

「そろそろ普通の患者さんなら、眠らせる時期です」

ぞっとした。もし在宅介護でなく入院患者だとずっと眠らされるということを知った。母は本人の意志を尊重するが、できるだけ覚醒させたいと伝えた。確かに痰の量が増え、吸引が必要になってきた。

「そろそろ、覚悟が必要です。癌は二倍、三倍という増殖でなく、多面的にどん、どん、と大きくなります」

手でグラフを書いて、急激に増える様子を説明する。看護師さんも、

「覚悟をしておいてくださいね」

と念を押す。これまでは、はっきり父に病状を共有していたが、母はもうあえて死期が迫っていることを伝えて欲しくないと依頼した。本人もわかっていることを、あえて先生の口から聞きたくないと確信していた。父は繊細なので、医師から事実を言われると、気力がなくなるのが目に見えていた。父は、間違いなく、希望を失ったら崩れ落ちる。声が出なくなったあとも、必死でリハビリをし、少しずつ回復をしていた。先生が驚愕する強靱な意志で最近、ようやく少しずつ声になってきていた。私たちも、なるべく書かせずに聞き取りをしようとする努力を続けていた。しかし、また事態が一変する。

四月二十日。

朝から声が出ない！　声帯を司る反回神経麻痺が原因。睡眠問題をお薬で少し解決したつもりでしたが、結局のところ二時間間隔で胸の圧迫を感じて起きるパターン。

喉につけた気管切開チューブの栓を夜は外して寝るので、酸素量は確保されているはずだが、指で測ると酸素飽和度は93％くらいしか上がらず、脈拍がなんと120近く。血中酸素が低いと酸素がうまく運べないので心拍数は寝ている間も含めて二十四時間ジョギングしている状況。心臓はバクバク、胸筋や横隔膜も疲れるしこれはもう限界と判断して酸素吸入マシン導入しました。ドクターがオーダーして四十分後にはレンタル品納品、午後には吸い始めてだいぶ落ち着きました。また声を失ってしまいました、そして呼吸器系で一段進行してしまいました。しかし本日午前中じっくりホーム私のドクターさんに相談して、自分で納得して決めました。この的確かつ、迅速な対応、ドクターと看護師さんはまさに神対応です。救命医療や外科医として働いていたので、経験は豊富ですし状況の説明は完璧、適切な処置をいくつか提示して私に選択させてくれるそして二十四時間三百六十五日の対応力。大病院ではあり得ない、心のケアも含めた親身の対応力に本当に感謝しきりです。私も先生方とともにここからなんとか立て直していきます。

父のこの「立て直していきます」を私は何度見たことか。落ちても落ちても、登っていこうとする勇気。母は、それは「私のため」もある、と言った。プレッシャーを感じて欲しくない、としたうえで、親は子供がいるから頑張れる、と言う。「私のために無理をして欲しくない」という気持ちと、「まだ高二の私を置いていかないで」という気持ちが交錯し胸の中で爆発した。とにかく、生きていて欲しい。病気でもいい。そこにいれば手を握れる。体温を感じる。もうそれだけでいい。パパが好きだ。パパがいなくなる世界を私は全く想像ができない。

酸素の機械がきたお陰で父の呼吸は安定した。また管が増え、完全にサイボーグ状態だった。トイレに行くときに絡まないように歩いてもらうのが大事だった。まだトイレまで歩けるが、この先不安定になってきたら、と思うと心配だった。今後に備えて、血圧の測り方、酸素濃度の測り方など器具の使い方を再確認する母。点滴対応や痰の吸入、尿の対応など、医療行為を素人が担うのはなかなかだった。

四月二十一日。

昨日から始めた酸素吸入効果抜群！　酸素飽和度98～99％まで上がり、心拍数も90台まで下がりました。チューブは増えましたが、呼吸には代えられないので良かったです。先生の対応に感謝！　そして、二週間に一度の妻とのドライブ。今日は免疫治療の日ですが、昨日本機械とともにモバイル酸素吸入装置が同時に配送されたのでそれを引っ張って車椅子を積んで通院、一時間半の治療！　投入後の副反応すなわち発熱、震え、悪寒もなく帰宅して安定しています。十二回目ですから身体が慣れているのかもですね。このクリニックの医師の総括では、最初に始めた日の初見では体調や数値を診て三回の治療は無理かなと正直思ったが、これが十二回続いて受けられたことは確実な延命効果は出た実証かと言える。（リスクを恐れて）将来の見通しについては、答えられないとの説明ですが、引き続きこのペースで治療を継続することに決めました！　昨日の動けない状況から迅速な医師連携の酸素吸入でなんとか立て直して、本日唯一の頼りである免疫治療に行けて幸せだと思います。

これが、全集中して考えて、周りのサポートをいただき行動する。人は誰でも必ず死にますが、それがいつになるかは誰にもわからない。それならば毎日を精一杯生きる、頂いた命を生き尽くすと決めた自分を褒めてあげたいと思います！　そしてこれを見ていただいている友人たちにも感謝です。皆さんの「読んでるよ！　いいね」のマークだけでも本当にモチベーションになります。ありがとうございます。

父は前向きに書いているが、もう実のところ、免疫療法も諦めかけていた。かつては、点滴後に発熱、悪寒のひどい副作用はあるものの、翌日は劇的に体調が良かった。しかし、前回は副反応もなく体調に変化もなかった。体力も落ち、もうラボに行けないのでは、というくらい動くのがやっとになっていた。外出用の酸素ボンベはぐっと吸わないと、酸素が入ってこないため、かえって息苦しくなった。Facebookには副反応が無くて良かった、と書いてあるが、本人の中のショックは相当なものであったのだ。

「もう、ＮＫ細胞の量より癌細胞が勝っていると思う」

寂しそうに言った。最後の砦が崩された、と感じた瞬間だった。必死の思いで行ったのに。「十二回も点滴を継続できた自分を褒めよう」と、あくまで前むきに話す母。この頃から、母がどんどん涙もろくなった。何かしていないと気がおかしくなる。事務の金さんは、父を励まそうと業務外なのに、まめにＬＩＮＥをくださった。そして、金さんが通っているというラドン療法を教えてくださった。そこの社長は、私と同じ高二のお嬢さんが悪性の脳腫瘍になり、大手術。好きなことをさせたいと術後、カナダに留学をさせていた。お嬢さんのために仕事を捨てて始めたラドン療法。その後、再発していないという言葉と、何より自分の家族を救うために治療を模索している社長を信じて、始めてみることにした。

初日。会社の前になんと金さんがいらっしゃるではないか。

「紹介した責任があるだろう」

とご主人に言われ、ご夫婦で待っていてくださったのだ。ただの患者にそこまでしてくれる金さんに感謝した。ご主人は、

「自分も助からないと思ったけど、今は元気にしているからあなたも頑張って欲しい」

と父に伝えた。ありがたかった。社長の田村さんは、通うのが難しい父のために、特別に会社の機器をレンタルしてくれた。しかし、ラドンを吸入するとまた管が増える。最初はつけていた父だが、管が多くて苦しいと外してしまった。田村さんが空気中にあるだけでも効果はわずかながらある、と仰るので、管を点滴台にかけて、ずっと放出させておくことにした。いよいよ終末期を迎えているのが、家族全員わかっていた。

段々、入浴もおっくうになってきた。父は、母に介添えしてもらいながらも、シャワーは自力でやろうとしていた。だが、腕もあがらなくなってきて、髪の毛を洗うのも困難になってきた。それに気付いた師長さんが、「ケリー枕」というプール状の枕を使って、ベッドに横たわったまま洗髪をしてくださった。ペットボトルにキリで穴をあけて、シャワーのようにシャンプーを洗い流す。洗髪しながらのマッサージが気持ちよかったらしく、

父は、

「最高のマッサージ。気持ちいい」

とVサインを出しながら、嬉しそうだった。師長さんは他の方の看護もあるのに、時間を見つけて洗髪にきてくださった。看護師さんも、体を拭いたり、褥瘡ができないようにと体の向きをまめに変えてくださった。世の中にこんなに献身的に患者に向きあう方々がいらっしゃるのかと感謝の念でいっぱいだった。

管だらけの父の着替えが大変だからと介護用の服を探してくださったり、次から次へと、介護が楽になるアイデアを教えてくださった。ありがたかった。

四月二十九日

暗い病状報告ですが、これが僕の日記がわりなので不用の方は、飛ばしてください。

こんにちは。顔色いいねと思いますか？　今はこれが精一杯の座間剣士（武士）顔です。八日間ぶりの投稿で、昨晩は少しはまともに眠れたので気力を振り絞り、必死でスマホ叩いて投稿です。ご心配をかけましたが、ご想像のとおり病状が進んでしまい、原発癌の部位である喉のまわりと奥の腫れが拡大することによる呼吸の妨げが最大の問題となってます。脳や全身の隅々まで足りない赤血球の運搬のため、酸素が足りない分心拍数を上げて、言わばずっと二十四時間ジョギングしている大変な状況。心臓への負担を抑えるべく、喉に開けた気管孔は常時開けてマスク型の酸素吸入にしています。うがいと歯磨き、薬を飲むための少量の水は気管孔の栓を閉じないとできません。これも一回ごとに大作業でしんどい。

喉を常時締め付けられる痛みと、両耳の奥が痛むのでついにステロイド注射他を行い対処しています。今までは、頭部から頸部上半身の皮膚リンパ節に多発転移と進み、大きく育ってきているので自分の触診だけでも二十箇所近くはあります。これらのリンパ腫瘍が皮下の周りの神経を押すと痛みが出るので厳格に医師の管理したモルヒネ系の医療用麻酔を点滴から静注しています。痛みが増えると安全のために容量制限はかかっていますが、自分でもボタンを押して手動で投与して痛みを軽減させます。

今までは、このリンパ節の痛みと排尿障害からの足の激しいむくみと毎日闘ってきましたが、先週から首の圧迫感による息苦しさは次元が変わり、症状が足されたことによりほんとうに苦しい一週間を過ごしています。妻が土日やリモートの日、そして出勤前の毎朝、夜と精神的にも支えてくれて、特に今週は何度もお互いに泣きまくりました。私は、正直なところ年越しできて、箱根駅伝観れればすごいと周到に部屋の準備をして在宅療養に移りました。振り返ると丸五か月、毎日を一歩ずつ積み上げてきた、自分でもよく頑張ってきたと思います。先のことは考えるとただ憂鬱になるだけなので、考えられる範囲は一週間以内に限定しています。来週火曜にはGWの変則スケジュールに、対応してくれているクリニックの免疫治療に酸素ボンベ持って通うことが最大のミッション。脳に酸素が行かなくなると、すぐに数億単位で細胞が死ぬそうで、老人の認知症も一気に進むそうです。飲みにくくなった薬の水、誤嚥性肺炎予防対策、呼吸の確保、頭がまだ働くうちに毎日書き出したりして、きっちり対処できるように対応。痛みを堪えるだけで寝たきりになったら精神が持たない気がするので、ここはPlanning&Doが大事ですね。書き疲れたのでこの辺で終わります。皆さんからのコメント必ず読みますが、自分に返す気力がないときはご容赦ください。日々感謝！

心温まる映画や元気が出るテレビドラマシリーズなどあったら教えてちょ！　できればNetflixかアマゾンプライム限定にて!!

このFacebook投稿後、父は意識がなくなることが多くなった。もうどこが痛いかわからないと、訴えていた。眠ってしまうことが多くなるが、と近藤先生がオピオイドの量を増やす。段々、起きられなくなり、だるそうにしていた。自分で点滴を換えていたが、1500㎖の点滴液（栄養剤）を持つのがもうつらそうだった。母が点滴を換えるのを心配そうに見守る。

ゴールデンウィークもあり、多くの人がお見舞いを申し出てくれたが、父が意識があるときから、すべてのお見舞いを断っていたので辞退した。驚いたのは、ロサンゼルスに住む大親友の訪問さえ断ったことだ。ご夫妻のご両親、子どもも含めて家族ぐるみで長年の大親友家族。私たち子供たちどうしも仲良く親戚状態で、せっかくロスから来てくれたのに。

「会いたくない」

と言ったときは、父の悲痛な思いを受け止めなければいけないと察した。母と私だけで会い、謝った。もちろん彼らは理解してくれた。

痰がひどくなり、レティナの掃除も時間がかかるようになった。その間、酸素マスクを外すので息が苦しくなる。歯磨きに洗面所に行くのも危なくなってきた。意識が無い時間が増えてきた。吸引しても粘る痰が取りにくく、母は難儀していた。

母が、

「一緒にクロアチアに行く夢を私はあきらめていないよ！」

と励ました日。父は、ゆっくりと介添えしてもらって起き上がり、ボードに書いた。


「もっと生きたかった」


それから母の目をじっと見つめて、かすかに目を細めた。母は手を握った。泣いてはいけない、泣いてはいけない、と思いながら、涙をこらえることができなかった。父はぼんやりと空を見つめ、また横になった。

カナダのボブさんから母にメールが来た。

「今後のISPAのことで年末に行く予定でしたが、早めました。座間さんに会えますか？」

ボブさんは察していたのだろう。母はボブさんだけは会うべきだ、と感じていた。父に話すと、

「会えるかな」

とうつろだった。

「会えるよ」

強引に日にちを設定した。ボブさんにドタキャンになる可能性も伝えるが、彼は一向に気にしていない様子だった。母はまだボブさんに会ったことはない。私やロッキー、タイガーにとってはバンクーバーにいる親戚のおじいちゃん、のような存在だったが、ISPAの世界では、創始者ボブさんはもう神領域の方で、父にわざわざ会いに来てくださることは、大変畏れ多いことだった。

五月十一日。ボブさんがいらした。母は拍子抜けした。恐ろしく怖い人を想像していたらしい。にこにこと穏やかなボブさん。この日、父は何かに取りつかれたかのように元気だった。ボブさんも、

「思ったより元気で良かった」

と目を細めた。

「ISPAを率いていくはずが、申し訳ありません」

と書く。ボブさんは、自分も大病をしたからゆっくり治療すればいい、と穏やかに元気

づける。ヨット界のレジェンドと言われる方だけあって、部屋の中に温かく力強いオーラが溢れた気がした。父が疲れて横になるので、ボブさんとリビングで話をした。今年もカナダに行くことを約束する。ただ、自分はハードなトレーニングコースは難しいので、スキルメンテナンスのコースを作ってほしいと交渉。あとからISPAの方に話をしたら、ボブさんに交渉するなんて、と驚かれたが、ボブさんはいとも簡単にOKをくださった。タイガーとロッキーは私と別れたあと、二週間トレーニングを受け、上を目指す。私は、自分にできる方法でヨット普及活動をすることを約束して、新しいコースを勝ち取った。父に言うと驚かれた。でも、交渉すれば、不可能は無い。ヨットを止めるより、新しい方法で継続しようとしている私を尊重してほしかった。

　カナダバンクーバーから、ボブ仙道さんが自宅まで訪ねてきてくださいました。昨年夏に続いて娘とボーイズの弟子たちは、ボブさんリードであの素晴らしい大自然の中をサマークルージングする予定です。ボブさんも大病をなさった身なので、くれぐれもお身体ご自愛いただき決して無理しない日程にてツアー開催されること切に希望しています。

私は、つらい状況に追い込まれておりまして、筆が動かないですが、近々状況アップします。

レジェンドボブさんと父と私で記念撮影。写真の父は、ここ最近で一番いい笑顔だった。しかし、もう父は酸素の管、栄養剤の管、尿管カテーテルと管だらけで、見ているほうがいたたまれなかった。意識がなくなることも多く、Facebookの投稿がほとんどなくなった。みんなが心配して母に連絡がきた。まだがんばっていることを伝える母。数日に一回起き上がる日もあった。五月十九日は、免疫療法の日だった。父は、

「もう行かない」

と言った。前回は副反応もなく効果を感じられなかったこと、もうこの管だらけのからだで行くほうがしんどいこと。もう生きることに限界を感じていること。

「死にたい」

母は首を振った。泣きながらラボをキャンセルした。この日、必死に投稿をした父。永峯先生の伍長が来る日だった。伍長へ刀を譲ろうと思っていたのだろう。

五月十九日。

お久しぶりです。この日本刀、二年前に作刀された現代刀ですが、江戸時代に有名であった源清麿刀匠の写しということで、熊本の刀工が作った物です。刀の姿、刃文はそっくりで、特に切先が、大切先と言って、見ているだけで恐ろしいほど迫力のある物です。この刀工一家は玉鋼の元となるたたら製鉄で使う砂鉄は、自己採集して作るといった徹底した工法にこだわっています。座間刀剣工房で、きちんとお見せしたいのですが、ちと体力なくもう力がありません。

体調はご想像のとおり、かなり悪くなっており、酸素をアシストする呼吸器、中心静脈方式での水と栄養剤に加えて、激しい足のむくみ対策として、今週から尿道カテーテルが入り、利尿剤を使用しています。しぶとく生きておりますこと取り急ぎご報告まで！

これを打つのに何分かかったことか。もう手は震えていた。力がほとんど入らず目はうつろだった。身体中もむくんでいて、何より体中が痛いと嘆いていた。もう、すべてが限界だった。夜中に何度も母は起きて父の様子を確認。看護師さんにこれからもっと想像をしないことが起こる、と諭された。近藤先生が、

「奥様も働いていて、大変だしもう病院へ入られたらいかがですか」

と促したが、父はぷい、と向こうを向いた。母は、

「覚悟ができている」

と言ったが、

「これから起こることは、そんなものじゃない。倒れますよ」

と看護師さんが必死で説明した。しかし、病院に入れたらもう昏睡状態にさせられるだけ。コロナ禍でお見舞いも制限がある。何より、父が「最期まで自宅で過ごしたい」という気持ちをおざなりにはできない。

二十四時間、看護師派遣の会社を紹介していただく。時給に腰を抜かすが、それしか方法が無いと母は腹を決めた。

「貯金がなくなっても、ママが働いている限り、必ずあなたを大学まで卒業させるから」

私はどきり、とした。数学の点数があまりにもひどく、どうにもならない私。勉強から逃げてはいけない、と引き締まる。母は派遣会社と打ち合わせ。すぐお願いできるよう早速契約。えげつない話だが、お金が無いと真っ当な治療も受けられない。どこかに限界がやってくる日本の医療制度。在宅介護がどれだけ悲惨なのか、癌のケアは何かまちがって

いないだろうか。患者はお金がないと人間の尊厳まで見捨てられるということか。

ますます父は意識を失っている時間が長くなった。起きていても短く、時折、支離滅裂なことを言うことが増えた。

私は焦った。父のヨットをどうする、父の意志をどうする、父の生きていた証しをどうにか残したい。

自分でもなにを思ったのか。東大メタバース工学部で習った「起業」が頭をよぎった。

「そうだ、起業しよう」

思い立った。コロナ禍でコミュニケーション不足から自殺する若者のことを憂えていた。好きな作文という表現でコミュニティを作ってみたい。売上は、兼ねてから募金をしている学校外教育の機会が無い家庭に「教育クーポン」を配布する公益社団法人に寄付する。

以前、そんなことをぼんやり考えていた春。アコさんに来てもらって北九州で開催された「子どもノンフィクション文学賞」表彰式に行ったとき、スピーチの機会をいただいた。コミュニティを作りたい、と発表すると、審査員のリリー・フランキーさんが、「いいじゃない、それ」と背中を押してくださった。それから動いていなかった自分。今しかないと、そのスキームをパワーポイントにまとめて、プレゼンしたところ、賛同してくれた税理士さんが司法書士さんを紹介してくれ、あれよあれよと起業準備が進んだ。会社の名前は、「AZ Bande」と書いてアイジー・バンデ。父の愛するヨット名から音をとり、イニシャルは自分の名前。AZは阿吽と一緒で物事の最初から最後までをBande（絆《きずな》）でつなぐ、という意味を込めた。これで父のヨット名を世に残せる。私の気分は高揚した。父の「大志を持つ」というメッセージが何度も頭をよぎった。

問題は私が未成年のため、両親の署名が必要なことだった。書類ができたとき、父はほとんど意識がなかった。十九日以来、ほとんど起きられず、看護師さんが褥瘡ができないように体位を動かしても、ぐったりしている日が続いた。

「時間がなくなるから、代筆を頼んだら」

とアドバイスがあった。しかし、私は父を信じた。二十日、二十一日。待って、待って、話しかけた。耳は聞こえているはず。リミットの二十二日になった。難しそうだった。司法書士さんの書類には二十二日と書かれており、もうポストに投函しないといけなかった。明日から中間試験で、早く帰宅するので、父が一瞬起きるタイミングを狙いたい、と締め切りを延ばした。

家で勉強しながら父の顔を見る。ふと、朦朧《もうろう》と父が目を開けた。父に、

「パパ、起業するからサインをして！」

父の目は泳いでいた。しかし、私の書類が見えたのか、起き上がろうとしてくれた。手伝う母。そして、ペンを渡す。


「座間一郎」


二枚。そしてペンをポン、と放り投げ、また倒れるように横たわった。体が震えた。すぐ司法書士の山下先生に連絡をして投函。

翌日書類を受けとった山下先生は、

「病人とは思えない。しっかりした筆圧」

と感嘆した声で連絡をくれた。続いて今月中にホームページを立ち上げる、と打ち合わせを急ぐ。朝日小学生新聞リポーターをやっていたご縁で、紹介していただいたWEBデザイナー。親身になってくれデザインを多角的に提案してくれた。「私らしい」ホームページにしないといけない。イメージの説明がままならない私の意図を汲んでいろいろ提案をしてくださった。私は焦っていた。

五月二十六日。早朝、父が母を激しくインターホンで呼ぶ。母は飛び起きて走ると、亡霊のようにおむつ姿だけで父が立っていた。ズボンをずらして、おむつを指差す。

「排便？　ちょっと待って」

トイレに誘導しようと思うが間に合わなかった。その場で、おむつの中に大量の排便をする。家中が恐ろしい臭いに包まれる。何度も、何度も排便をし、おむつがパンパンになっていく。トイレまで歩かせると身体中に便がつく。母は慌てて新聞紙を敷き、ゴミ袋を用意した。新聞紙の上におむつをずらし、便だらけのお尻などをおむつふきで拭く。が、そこにまた上から排便。母は、マスクをしても耐えられない臭いと、作業に冷静さを失いそうになった。便だらけの新聞紙をまるめ次の新聞紙に父を倒れないように移動させる。まだ排便がある。落ち着かせるまで待って、タオルで抑えて風呂場へ誘導。手で洗い流す作業がどれだけ地獄だったか。その間にも次の排便がある。ようやく落ち着き、ゴミ袋を何重にもする。しかし、臭いが家中に蔓延しており、窓を開け、次亜塩素酸で家中を拭き上げ、アルコールスプレーを撒いても臭いが消えず、母は何度も吐きそうになった。父は夢遊病者のようだった。しばらくして、落ち着いたのか、Facebookを書きだした。

一週間前に自力でできたことがほぼ無理となり、寝たきり状況に近くなりましたが、利尿剤のおかげで順調に尿も出ており生き延びております。あまり生気のない顔なので、指の爪でアップします。プロの看護師さんに切ってもらってマッサージオイルも塗ってくれ、まさにプロフェッショナルです。

血中酸素飽和度は調子良く99％、脈拍は速くて102／分です。これがいつもは94～95くらいでたまに90％近くに落ちてくると息が苦しい。予断を許さない状況です。何書いているのかわからないですが取り急ぎご報告。

実質ここを機に父はもう投稿する気力を失い、寝たままになった。意識があるときに、再度、近藤先生が、

「もう病院へ行きましょう」

と促すが、頑なに首を振る。母も「絶対、家で最期という意志は曲げない」だろうと腹をくくり、目が飛び出るような金額の、看護師派遣会社に日中の看護をお願いした。すぐ看護師さんが来た。中でも林さんという明るい看護師さんは意識が無くても父に話しかけ、マッサージをし続けてくれた。林さんが看護のときは、父はうっすらだが目が覚めていた。

人の起こすパワーのすごさを感じた。林さんに、お礼を伝えると、

「実は、この会社に入って一番最初の患者さんなんです。だから、私も絶対、座間さんを忘れません」

愛情のこもった熱弁に母は号泣した。父は眠っていたが聞こえていたと思う。私も母も本当に感謝した。

「林さんがかわいいから、元気になって。やあねえ」

と今ならセクシュアルハラスメント問題に抵触しそうなセリフで、母と奥野さんと軽口を叩いた。できるだけ林さんにシフトを入れていただいた。もうお風呂も入れず身体を拭くだけ。歯も磨けないので、口内をウェットタオルで磨く。ショッキングだったのはたった二週間くらいの寝たきり生活で背中が真っ黒に褥瘡だらけになってしまっていたことだ。当初、お尻の褥瘡は小さかった。あっと言う間に全身にできる恐怖。

五月三十日。ホームページのデモが立ち上がった。すぐ父に転送した。父は横たわったまま携帯で見てくれたあとFacebookを投稿。

「何やら娘がネットで起業していました」

とだけ。やっと打ったのだろう。そして、これが父の最後の投稿となった。

だが、それでもこのときはまだまだ死ぬわけがない、と母も私も思っていた。もう意識はほとんどなかったが、近藤先生も、まだ母は会社に出社、私も学校に登校していても大丈夫と仰っていたからだ。

六月一日。仕事場にいる母に近藤先生から電話があった。

「お手紙をいただきました。もう眠らせてください、と仰るので、お薬を入れます」

母はパニックを起こした。

「眠ったらもう起きないんですよね」

「前回は増やしたあと、減らしましたが、通常は一度増やしたら減らしません。もう寝たら起きないようになります」

いやいや、ちょっと待て、と母は頭に血が上った。患者の意志も大事だが、せめて覚醒しているうちに最後、娘と自分と会話してから、と怒りの気持ちが湧いた。もちろん、先生が良かれと思って薦めてくださっているのはわかる。しかし、家族にも心の準備がある。先生は、父の書いた手紙を読んで、よく家族で話し合って決めて欲しいと言った。帰宅すると、父が近藤先生にあてたメモを見る。字は震えていた。

「先生へ。酸素が九十台前で上がらないようなら、緊急搬送となると思うが、人口心肺装置はつけたくない。低酸素で脳の細胞が機能しなくなり自分で判断できないときは延命装置はつけずに、処置を施していただき、静かに眠るように旅立ちたい」

とあった。父の意識は朦朧としていた。母は泣いた。勿論、尊重したい。だが、娘の気持ちを考えて欲しいと懇願する。あと三週間で結婚記念日を迎える。その日はニューヨークの甥《おい》っ子の出産予定日だ。結婚記念日をお祝いしよう。健一くん（甥の名前）に会おうと檄を飛ばすと、力無く首をかすかに横に振る。父も泣いた。だが、「眠らせてもらうのは、自分らしくないね」と、もっと読めない字で、

「近藤さんへ。家族で話し、やはりもう少し〝がんばって生きる〟ことにします。眠りません。一郎」

とメモを書いた。在宅看護師さんも驚いた。先生は、「もう通常の患者さんならとっくに眠っていますよ」と仰ったが、私たちも一分でも父と多く過ごしたかった。先生が、

「座間さんみたいな意志のある患者さんは見たことがない」

とため息をついた。もう楽にしてあげたい、と多くの患者を診てきた先生としては思うのだろう。

だがその六月二日から父はほとんど意識を失った。もう癌が大きくなりすぎて気道を閉

塞し、レティナが入っている首の穴からでないと酸素が取り込めない身体になっていた。寝たきりになると痰が詰まり、吸引しなければならない。母は夜中、二時間おきに痰を吸引する作業をした。眉をしかめるので感じているのか知りたかったが、看護師さんにただの反射だと思うと言われてしまった。そこからほとんど意識が戻ることはなかった。

看護師さんたちは体温、血圧、酸素濃度、いつ吸引したか、マッサージをしたかを事細かに記載してくれた。七日は休んだほうがいいと言われ、母と私は家にいた。バイタルが下がり、血圧が急降下していた。父の顔を見守るのもつらかった。林さんがずっと話しかけながらマッサージをしてくれた。週末、

「行ってきます」

と声をかけると気を失っていたはずの父が手をあげた。思わずかけよる。すると、自分の酸素呼吸器を取り外そうとする。みんなで手を押さえた。

「やめて、何しているの！」

母が叫ぶ。だが、父は涙を流し、首を振った。

「殺してくれ」

父がそう言っているのがわかる。母が泣きながら、手を押さえた。看護師さんが、先生

に電話をし、オピオイドをショットし眠らせるように指示が出る。せっかく覚醒した父を眠らせる措置をしなければならなかった。

「来るべき日」が近づいてきている。私でもわかった。十二日はバイタルが落ち着いているので、学校は行きなさい、と先生に言われ登校した。先生や友達が心配してくれる。お弁当を食べていたとき、学年主任の先生が私を探していた。

「お父さんが危篤だそうだ。すぐ帰りなさい」

母から指示があったと学校前からタクシーに乗った。

心から叫んでいた。急いで帰ると父はまだ眠っていた。

「間に合って」

「電話したあと、また落ち着いたの」

と言う母。

「まるで死ぬ死ぬ詐欺だね」

とお互いに冗談を言う。

「またこれで復活したら、どこで学校を休めばいいかわからないね」

と笑った。しかし、酸素を測ろうとしても、徐々に器機に反応しなくなってきた。酸素濃度が手指で測れなくなり、足指で測る。母は血圧もせわしなく測っては記録する。数値が下がっていくことに怯えていた。

六月十日は起業した関係で早速、兵庫県の高校と、京都大学へ行く予定があった。一人でも行けたが、念のためと奥野さんが付いていきてくださることになった。もし父に変化が起こったらすぐ連絡して、と約束する。

六月十四日。いつものように、母は夜中二時間おきに吸引をしていた。血圧を測り、酸素濃度を記録する。先生には血圧が下がってきたら注意をするように言われていた。明け方五時にも吸引した。いつもどおりだった。吸引したとき、いつも苦しそうにする父の反応が少し、弱い気がした。

六時過ぎ、突然、みー太がぎゃあぎゃあ泣き出した。階段を上から下からどたばた昇降し、今まで聞いたことがない雄たけびをあげた。母は何事かと思い、

「まさか」

と父の顔を覗きに部屋に走りこんだ。絶叫した。

「あきの！　あきの！　早く来て！」

飛び起きた。走った。父の顔が白くなっていくのがわかった。

「パパ！　パパ！　いやだ！　応えて！　パパ‼」

手がゴムのようにぶよっと力がない。昨日はかすかに握り返してくれた手。冷たくなっていく。顔の色が青くなっていく。母が近藤先生に電話をする。

「死亡していると思います」

振り絞るような声。先生はすぐ行きますとおっしゃった。七時過ぎだった。それから奥野さんに電話をした。ご夫妻はすぐ飛んできて、泣きながら父の手を握った。私はまだ状況をつかめず涙が出ていたか、出ていなかったかも覚えていない。近藤先生がいらしたのは八時過ぎ。丁寧に診察をして、

「八時二十一分死亡です」

と死亡診断書を書いた。先生も父に手を合わせた。実際に死んだのは六時半過ぎなのに、と違和感を覚える。茫然としていた。

「こんな立派な方いませんでしたよ」

こんなところで褒めたって、と私は感情が湧かなかった。母は深々と、

「ありがとうございました」

とうなだれた。先生も深くうなずいた。

それから、関係各所に連絡を入れ、葬儀屋さんと相談をする。昨年、祖母の葬儀をお願いしたばかりなのに、なぜまた。

十一時過ぎ。葬儀屋さんが遺体を引き取りにきた。ストレッチャーを家に入れ、そこに父を乗せようとしたとき。私の中でぱーん、と大きな風船が弾けた。わんわん涙が止まらなかった。

「待って待って」

父の身体に泣きすがった。

「待って。パパ。私まだ十六歳だよ。おいていかないで！」

もう感情が止まらなかった。

「意識がなくたっていい。『ここにいて』ただ、いてくれればいい」

父から離れたくなかった。しがみついたまま、動けなかった。葬儀屋さんが後ろに下がって頭をうなだれてずっと待ってくれた。母が制して、はがされた。

「嫌だ！！！」

叫んだ。嫌だった。母にしがみついた。父の遺体が白い袋に詰められていく。ものじゃないんだから！　だがそのまま運べないのもわかっている。見てられず、母にすがってわんわん泣いた。どうして、どうして、どうして。

「私を置いていかないで！」

大きな声でわめいた。母も力なくわたしの肩をさすっていた。車が去り、父がさっきまでいたベッドだけが残った。ぬくもりもなにも残っていなかった。母が泣きながら、シーツと服を丸めてゴミばこに突っ込んだ。母も何かに気持ちをぶつけていた。母の目も真っ赤だった。

火葬場が混んでいて葬儀の日は先になりそうだった。アコさんが来日するのも待たないといけない。父の会社の人がやってきて、手伝いたいと仰ってくれた。調整の上、決まった葬儀日は六月二十一日。母は怒った。

「結婚記念日まで生きている約束だったのに、葬式にするなんて！」

父のせめてもの母へのメッセージだと思った。大勢の人に見守られる葬儀が二十九回目の結婚式であってもいいじゃないか。

葬儀は予想をはるかに超え、のべ七百人を超える参列者。僧侶も社葬でもこんなに参列者がきたのは見たことがない、と仰った。火葬場は安倍総理と同じ場所だと言われた。

喪主の挨拶は、私がやることになった。海外からの参列もあり、日本語と英語で用意した。父の棺桶に立教自動車部のジャケット、ヨットで愛用の帽子を入れた。そしてバンクーバーの海図。ずっと枕元にあった。どれだけヨットに行きたかったのだろう。父に「骨はバンクーバーに撒いてね」と言われた気がした。

喪主挨拶。だれもが私がやることに驚いていた。

「皆様、本日はお忙しい中、この場に集い父に最後のお別れを伝えにきてくださり感謝を申し上げます。

私は幼少期から母より父のほうがずっと仲がよく、パパっ子で育ってきました。

また小さい頃から見た目も父に似ていたようで赤ちゃんの写真を比較するたびに似てると言われてきました。

良き父であり、武士であり、セーラーでした。

最後まで座間一郎らしくありたいと、入院を希望せず、自宅で壮絶な闘病生活を送っていました。息を引き取る直前は、痛みと呼吸困難から、闘病生活にはやく終止符をうちたいと言い出すようにまでなっていました。しかし、私のためを思い踏みとどまるとも語っていました。

父は声を失っていたので筆談でしたが、震える手で訴える言葉に苦しみが宿っていました。

医師に何度も今夜が山です、と言われ、学校を早退しましたがそのたびに復活し、母と私で「死ぬ死ぬ詐欺」だとシニカルなジョークを言い笑いあったものです。

数週間前、

「もっと生きたかった」

と書いたとき、母も私も号泣しました。

私たちをおいて先に逝ったという意味では全く良き父とはかけ離れていると正直思います。しかし亡くなる三日前、一度意識を取り戻したときにはさすが座間一郎、と思いました。

実は、私は、父が意識があるうちに、と思い立ち、父の船の名前を会社名にして起業をしました。未成年のため、両親の署名が必要で、意識がない父の顔を見ながら何日も待ちました。司法書士さんに、代筆を頼んだら、とも言われました。しかし、ふと起き上がれる日があり、奇跡的に署名が叶いました。その後、父はまた意識を失いました。父が生前日記がわりに書いていたFacebookの最後は、私の起業報告です。

私の会社名はアイジー・バンデと言いますが、バンデとはドイツ語で絆です。今回、父のために参列いただいた皆様、私たち遺族、そして父、父を担当してくださった医師、看護師の方々、すべてを本日、繋いでくれていると思いました。

よく過ごした時間が宝物、財産という言い方をしますが、今頃父は永遠の航海に旅立っているだけだと思うので、父のことを過去形にするのはやめておきます。

改めて本日は集まっていただき感謝を申し上げます。

I would like to thank you all for taking the time to come and bid farewell to my father today. Since I was a small child, I've always been closer to my father than to my mother, and I grew up a daddy's girl. I've also been told, ever since I could remember, that I look very much like my father. People always say there is a clear resemblance whenever they see our baby pictures. Ichiro Zama was a great father to me, but he was much more than just that. He was a Samurai and also a sailor. In his last days, it was important for him to stay true to himself and what he stood for to the very end. He did not want to be hospitalized. Instead, he fiercely battled his illness at home. Just before he breathed his last, he was in a lot of pain and had difficulty breathing.

Since my father had lost his voice, he wrote what he wanted to communicate to us.

Towards the end, his words were filled with pain. A few weeks ago, he wrote that he wished he could live longer, and both my mother and I cried reading those words.

Honestly speaking, I think he wasn't a good father in the sense that he left us away too early. However, when he regained consciousness three days before he passed away, he was fully himself, fully present, and it made me respect him all the more. The thing is, I had wanted to start a business while my father could still acknowledge it, and I named my company after his sailing boat. Since I needed both my parents' signatures, I waited for days while looking at my father's unconscious face, uncertain but hoping he would regain consciousness. I was told that I should consider requesting the assistance of a judicial scrivener so that I could get a signature on my father's behalf. However, that one day, three days before his death, he woke up and gave me his blessing for my business.

I like to think he was proud of me. My father used his Facebook page like a diary before his death, and his last post was about the start of my business.

The name of my company is AZ Bande. Bande means "bond" in German. I appreciate the bond we share, the bond that ties my family to all of you in attendance today. I do not want to put my father in the past tense, as I believe that he is just now sailing off on his eternal voyage. Once again, thank you all for gathering here today.」

私は、弔辞を読みながら、

「もっと生きたかった」

の件《くだり》の直前、堪えてきた思いが噴き出し、泣き出してしまった。母に目で訴えたが、母は目で「しっかりしろ」と返してきた。ここで終わってはいけない。最後までがんばれ、と参列者のみなさまも自分を応援しているのが伝わってきた。こらえ、呼吸を整えた。なんとか踏ん張る。英語まで言い終えた。肩の力が抜けた。

火葬。父の棺を移動する。最後のお別れと言われみんなが父の顔を覗く。父の顔をずっ

と見ていたかった。だが、時間で制され、やがて棺が閉じられた。ごおおおお、という火の中に棺が入れられていく瞬間、

「やだ、やだ、やだ」

叫んでしまった。へなへなと力が抜ける。

「立てない。立てない」

わめいていた。みんなに抱きかかえられ、ソファに座らせられる。頭は真っ白だった。

耳の奥にごおおお、という火の勢いが聞こえる。父の肉体がこの世からなくなる瞬間。得も言われぬ喪失感と虚無感が交錯した。僧侶が勢いよく唱える念仏。これは本当に現実なのか？

散骨もあるからと、骨壺《こつつぼ》二つに分けた。小さいほうの骨壺も重かった。葬儀屋さんが心配して、家まで送ってくださった。祭壇をセットしてくださる。そこに置かれた父の遺影。笑顔。お気に入りの写真でＩＳＰＡのプロフィールに使っていた。しかし、笑顔の写真ほど残酷なものはない。遺影と目を合わせられなかった。みー太は祭したのか祭壇のそばから全然動かない。

ボブさんに予定どおり、夏に行くこと、バンクーバーで散骨したいことを告げた。出発

前、船のクルーがおさらいをする、とタイガーとロッキーと私のトレーニングになった。空の高い気持ちのいい日だった。みんなで集合写真を何枚か撮った。するとロッキーのママが、

「コーチが来ている！」

と叫んだ。写真を見ると三人の後ろに龍神雲が出ており、三人に向かって光がさしているのだ。練習が終わって桟橋にいる写真にも、太陽とは別の方向から三人へ向かって光がさしていた。みんなびっくりした。私も守られている気がした。ロッキーが二つ折りの財布を大事にしていた。香典返しのカタログの中から、

「ずっとコーチといられるから」

とその財布を選んだらしい。二人はヨットから父が使っていた帽子やサングラスを、

「大切にします」

と持っていった。

七月十四日。世界保健機関と国際がん研究機関が、人工甘味料の一つ「アスパルテーム」が「ヒトに対して発がん性がある可能性がある」と分類した。母は、父の愛用していた清涼菓子の素材を調べた。アスパルテームが入っている。父の癌との関連性は不明だが、

母は早く辞めさせておけばよかったと後悔した。父と同時期に癌治療を開始した知人は、免疫療法と化学療法で回復し、現在、世界中をクルーズしている。一体、父と何の治療の違いがあったのか？

七月二十一日。少し早めだが四十九日の納骨を身内だけで行った。お墓は、去年の秋にアコさんと父と来て以来だった。初めて墓の中を見た。骨壺を入れる。あんなに身体が大きかった父がこの壺に収まり、墓に入っていくのが、まだ信じられなかった。

八月一日。私は一足先にバンクーバーでボブさんと待ち合わせ、タイガーとロッキーを空港へ迎えにいった。早速トレーニングが始まる。この予定は父の生前から決まっていた。しかし、偶然八月二日がちょうど四十九日だったことに気付く。

トレーニング初日。八月二日。

灰を流し、みんなで黙とうをした。海は繋がっている。永遠の航海に出た父。これからも好きな海でセーリングしてほしい。灰はガルフストリームをそよそよと流れていった。

私は時々、父の夢を見る。必ず、父の最初の言葉は、

「あきの」

だ。正月に父から受け取った「大志を持つ」という言葉がその度によみがえる。これから、父のいない誕生日、父のいないクリスマス、父のいないお正月を繰り返していく。心にぽっかり空いた穴。これは誰にもどうやっても埋められない。この先も穴が開いたまま私は進んでいかなければならない。

父が残してくれたもの。父がやろうとしていたこと。それらに縛られるつもりはない。私は私の選択で父のやりのこしたことを継いでいく。得意ではないが、やはりヨットは続けていくだろう。私の会社は亡き父の愛艇の名前と共にある。定款の一つに入れた「ヨット普及活動」は、父の遺志を引き継ぎつつも私流に進めていく。父の亡くなる直前、父の耳元で宣言した大学受験も最大の挑戦だ。せっかくの内部進学を捨ててまで、と父は言うだろうか？　母は、間違いなく父は応援してくれると肩を叩いてくれた。

時々、ふとたまらなく涙が止まらないときがある。母は我慢しなくていい、と言う。まだ、気持ちの整理はついていない。きっとこの先も一生つくことはないだろう。ただ、心から父に伝えたい言葉がある。

「生んでくれてありがとう」

「パパと一緒にいた十六年間は最高だったよ。パパ大好きです」

二〇二三年八月　座間耀永

白石康次郎さんとつないでくださったセーラー、渡辺博さんが二〇二三年十月、逝去されました。素晴らしい方でした。謹んでご冥福をお祈り申し上げます。

二〇二三年十月

補　足（出版にあたり）

まだ、気持ちの整理がついてない中、先月あわただしく一周忌を迎え、出版に向け読み直しております。応募した際は、無我夢中で書いており、まさか、出版されるとは思っておりませんでしたので、思いのたけをぶつけておりました。この度、出版の機会をいただきました文芸社の皆様に感謝の言葉しか見つかりません。

書いたときは、その時々の私の思いのみを綴っております。医療従事者の方々に対する表現も、あくまで私の個人的な感情です。

医療従事者の方々は、当時、新型コロナ感染症という未知のウィルスとの闘いの中、最大の努力で私や父をはじめとする患者に全力を尽くしてくださいました。どの医師も私たち患者に対し、最善を尽くしてくださったと信じておりますので、ここにあらためてお礼を申し上げます。表現が厳しい医師がいらしたことも記載しておりますが、その先生のスタイルだと思っておりますので、治療にベストを尽くしてくださったことに変わりはないと感謝をしていることを、あらためて強調させてください。

繰り返しになりますが、父をはじめ私たち家族を支えてくださった、父の友人、会社の方々、海の仲間、大学自動車部の方々、私の学校の先生や家庭教師、親友たち、本当に多くの方にあらためてお礼を申し上げます。
最後に、私の気持ちに寄り添い、校正を伴走してくださった文芸社の塚田紗都美さんに感謝のことばを送らせてください。塚田さんのお陰で、生きていれば六十六歳となる父の誕生日に初版を発行することができます。

本当にありがとうございました。

二〇二四年七月七日

著者プロフィール

座間 耀永（ざま あきの）

2006年９月生まれ、東京都出身。小３から「朝日小学生新聞」で朝小リポーター、「朝日中高生新聞」で特派員を務める。小４以降、毎年、数々の作文コンクールに入賞。2023年６月には、「言葉の力」コミュニティ・非営利型一般社団法人 AZ Bande（アイジー・バンデ）を設立し、代表理事を務める。作文教室や SDGs 活動、ヨット普及活動を通し、売り上げの一部を教育クーポンを配布する団体に寄付。カナダのセーリング団体 ISPA 創始者に師事、小型船舶２級保持者。会社名は亡父の愛艇から。『父の航海』は、青山学院高等部２年在籍中に執筆。

父の航海 癌を闘い抜いた父との最後の３年間

2024年11月24日　初版第１刷発行

著　者　座間 耀永
発行者　瓜谷 綱延
発行所　株式会社文芸社
〒160-0022　東京都新宿区新宿１－10－１
電話　03-5369-3060（代表）
03-5369-2299（販売）

印刷所　TOPPAN クロレ株式会社

ISBN978-4-286-25834-8